一天15分鐘 ╳ 不必備課 ╳ 只要輕鬆玩
上完這12堂不可思議的親子英文魔法課，
讓孩子從排斥到願意、
願意到習慣、習慣到愛上英文！

Preface
前・言

　　這本書是我們親子英語共學的心得與經驗累積分享。一開始時，我們家裡的兩個小寶貝，一個小學四年級，一個小學一年級，為了讓他們真的能夠喜歡上英文，並能在日常生活中運用到英文，我們夫妻倆利用職場上的管理經驗和簡報技巧，一點一滴把和孩子的親子英語共學過程記錄下來，並在錯誤中不斷學習調整，進而轉化成一套獨特但超級有效的親子英語共學法。

　　如果說過去這四本書《孩子，英文不可怕》、《孩子，英文會話開口說》、《孩子，英文單字好簡單》技巧篇與應用篇是親子英語共學的「食材」，那麼這本書就是「食譜」了！學會料理的做法，任何食材信手拈來即為一道佳餚！

　　我們強調親子一同自然學習，當然，我們走過的冤枉路也會在這本書裡大方地告訴大家，就是希望各位爸爸媽媽不會重蹈覆轍；只要運用我們的經驗法則、正確方法，不使用「蠻力」，透過建立一套在家自主學習SOP（標準化流程）、各類免費資源有效整合、關鍵績效指標訂定（KPI）、效果導向等方法，讓自然學習中沒有壓力但絕對能達標！

　　爸媽的英文程度並非親子能不能共學的重點，也完全不會影響結果。事實上，爸媽英文太好反而讓孩子有壓力，因為爸媽很容易失去教學的耐心。再者，爸媽可能會認為「我平時工作很忙，沒有時間陪孩子共學，送去補習班比較快吧？」其實爸媽能投入的絕對時間絕不是首要

重點，而是投入時間的品質與用對共學方法才是關鍵。這跟親子教養的原則沒有兩樣，重要的是爸媽「以身作則」示範英語學習的重要性與必要性，以及爸媽是否願意在孩子身上花「有品質的」時間。

我們家共學的起源來自於親身經驗，是不得已而啟程的一段奇妙共學之旅。我們家有兩個寶貝，他們是一對姊弟：Angel與Derek。兩人從幼兒園就開始接觸英語，也都曾上過安親班的英文菁英班之類的密集課程，這些年不知不覺中也花了不少時間和金錢在英語學習上。

起初我們一直覺得砸了這麼多時間與金錢，無論如何，孩子的英文程度應該也還有一定水準吧？！但卻發生一件令我們震驚不已的事情。有天葳姐帶姐弟倆去買麵包，看到菠蘿麵包的標價寫著$25，葳姐指著麵包，隨口問了小朋友一句話：「How much is it?」兩個孩子面面相覷，不知道要講什麼。葳姐指著價標上的25這個數字，再問一次：「Can you tell me what the number is?」只見姊姊小小聲地開始唸：「one, two, three, four...twenty-three, twenty-four, twenty-five!」這讓我們十分驚訝與沮喪，了解到原來孩子所謂的英文「好」都是表象，只會背誦而不知其意、不懂得運用。

另一方面，我們也觀察到一個現象──每當孩子要上英文補習課的時候，反應都有些焦慮。回到家，一句英文也不願開口說，更遑論拿出英文故事書來看。孩子學英文不但他們自己痛苦、喪失了學習的樂趣，我們也花了許多錢，孩子卻還是一句話也開不了口。某天，姊姊拿了一張38分的英文考卷回家，上面db不分、pq不分，這真的讓我們大吃一驚！！！

我們夫妻倆陷入長思：**學習英文應該是快樂的事情，且英文是要拿來用的，**為什麼孩子學了這麼久卻還無法把英文當成一種工具呢？到底

是孩子的學習過程中哪一個環節出了問題呢？這時靈機一動想起我們在職場上最擅長的就是診斷分析與問題解決，既然如此，我們應該也能分析孩子英文學習問題所在並徹底解決！正因如此，我們決定自──己──來！

首先我們要擬定KPI（關鍵績效指標；Key Performance Indicator）。我們的目標很簡單：孩子小學畢業的時候，能夠使用英文自主閱讀英文書充實知識，也敢開口講英文，將英文當成生活的一部分。接著擬定行動方案並徹底執行。我們的做法是，讓孩子輕鬆用英語「溝通」，在他們壓力最小、爸媽花費最少的情況下，親子一起英語共學成長！

我們的理念是，英文是一種語言，是溝通的工具，而不是一門學科。所以各位可以看到，我們的KPI中並沒有英文考試成績這一項，學校考試只是一部分，就算考一百分也不能代表孩子的英文好；但是孩子若真的英文好，學校考試成績必然不會太差，這點果然在我們的共學成果中展現。姊姊Angel學期初英文考試38分，僅僅三個月，到學期末突飛猛進到90分。現在兩姊弟的學校英文考試已經不用刻意準備就能得到滿分了！

從幼兒園開始到國小畢業，以台灣孩子來說，英文學習大約有八九年，甚至更長，如果還不能「使用」英語來學習知識，那麼這個工具就是失敗的！大家不妨看看美國的孩子，有的數學好，有的音樂好；但從華人的角度來看，每個美國小孩的英文都是嚇嚇叫。這就是語言是溝通工具而非學科的原因。

我們的英文沒有美國人好是因為我們鮮少用英文溝通，對於這個工具不熟悉，而非我們對於這個語言沒有天份！就像美國人說不好中文一樣，這不是他們日常用的溝通工具。把一個語言當做母語來溝通使用，

自然就學的好，中文、英文、日文，韓文都一樣。

在我們的方法中，務實地模擬母語學習環境，跟著孩子一起唸英文，一起看教學影片，一起玩英文遊戲。

最重要的是：一起使用英文！

在經過一段時間，平日晚上持之以恆三十分鐘到一個小時，假日一個小時的投入時間，姐弟倆就已經達到以下具體成果：

❶ 把英文當成第二母語（這個態度就可以自主學習，一輩子受用不盡）

❷ 願意自然使用英文來表達自己的情緒及需求

❸ 能輕鬆讀懂英語故事書、教學雜誌，用英文來吸收知識

❹ 認識3000～5000個以上單字基礎（半年前覺得艱澀難懂的教育部國中小學基本英文字彙1200字，現在已覺得只是「一塊蛋糕 註」的程度了！）

❺ 具有國中畢業生的英文程度（試做會考英文題目，95%以上正確率）

現在，已經國一的姊姊與小四的弟弟，可以做到：

❶ 不用父母陪讀、不用父母叮嚀，每天30分鐘讀英文雜誌、英文電子書或是英文小說

❷ 能與線上教學的外師對談自如

❸ 目標提升：希望國中畢業前有大學生程度的英文能力

註 「一塊蛋糕」，英文 a piece of cake，比喻極為輕鬆容易的事情

這中間過程沒有令孩子喘不過氣的密集訓練，不需要爸媽英文教學專業（我們都沒上過TESOL），爸媽只需要「借東風」（幫孩子找到適合資源與切實執行計畫），更不需要花大錢（那些英文書籍費用與過去付出的補習費用相比真的是小巫見大巫……），而是要：

❶ 儘量不要讓小朋友覺得在「學」英文，而是在「用」英文
❷ 幫小朋友找到學英文的樂趣與熱情，這將一輩子受用不盡
❸ 最重要的是要找到好的溝通方法及適當有趣的內容，循序漸進
❹ 爸媽的英文程度如何不會有負面影響，共學的態度才是關鍵
❺ 每天花固定時間進行共學，持之以恆

最後一點最重要，所以要講3遍：

持之以恆！ **持之以恆！ 持之以恆！**

剛開始親子英語共學一定會碰到撞牆期：
「好累」（不經一番寒徹骨，焉得梅花撲鼻香）
「親子關係變緊張了」（你試試不給孩子出去玩，看親子關係會不會更緊張）
「好像沒成效」（又不是吃類固醇，哪有可能一針見效）
「爸媽英文太破會誤導孩子，送去補習班好了」（那爸媽國語不標準是不是也要把孩子送去補國語？是不是也**不要**跟孩子講話才不會誤導孩子呢？）

唯有突破撞牆期，才能真正享受到親子英語共學甜美的果實！

英文共學是進行式而不是完成式，也是最棒的親子時光。**爸媽正因為是全天下最愛孩子的人，不是以老師的身分來教學，所以才更是小朋友英文學習成長的最佳夥伴。**我們與孩子實行親子英語共學中，不斷調整修正方法，讓他們保持興趣熱情，達到學習效果。這本書中就是我們去蕪存菁，整理出來親子英文共學中最重要的觀念、方向以及一些非常實用的共學資源！

　　讓我們大家一同互相勉勵、交換經驗，並幫助孩子快樂長大，自信說英文吧！

目・錄

Lesson 3 運用好工具來共同學習① —— 選擇最佳英語親子書

Lesson 4 運用好工具來共同學習② —— 引起孩子興趣的繪本與故事書

Lesson 8

運用好工具來共同學習⑥—— 最好玩的影音教學 YouTube 頻道

Lesson 9

運用好工具來共同學習⑦—— 線上真人教學口說英語大作戰

Lesson 10
運用好工具來共同學習⑧——
不傷荷包的線上圖書館

Lesson 11
非補習不可的話，
請慎選補習班

Lesson 12 共學之後，爸媽你得要知道……

Special 特別收錄 訂定一個親子共學計畫吧

附錄 親子共學實用表格

Lesson 1

共學之前，
爸媽你得先知道……

Lesson 1　共學之前，爸媽你得先知道⋯⋯

在開始共學以前，身為爸媽的你們，必須先培養一些觀念，第一步即是「建立正確的想法」，調整自己對於孩子「英文」這件事的態度。預先調整好心態後，才能毫無罣礙的進入親子共學的世界。爸媽們只要做好充足的心理準備，跟著以下我們列出的七個步驟，就能大大減少和孩子學習時可能遭遇的挫折、阻礙，達到更好的共學成效。

步驟1：把英文當成工具而非學科

台灣的孩子英文學得好嗎？我會說答案是否定的。

在我們多年來與不同父母們教學相長的經驗中，我們發現了一件事——大人英文學不好，是大人自己的責任；但孩子英文學不好，則應該是爸媽的責任。

我們可以明顯觀察到，台灣幾乎九成以上的爸媽，在孩子小時候就讓他們進入補習班學習英文，這可說是台灣孩子的「全民馬拉松」運動，但其中只有少數孩子持續跑在賽道上，多數小選手們至國中時期，就會因為挫折感過大而退賽了⋯⋯對於爸媽而言，每個月花一、兩萬元「拜託」小朋友去上美語或英語課（家中若有兩個孩子，一個月還要花上四萬元），這可是一筆不小的開銷，也因此每位家長對這筆投資一定

抱有高度的期待，然而幾年下來，多數孩子不但沒有愛上英文，反而痛恨英文，也無法開口講英文。這是為什麼呢？

爸媽必練心法

☞ **強迫小孩學習英文是不會有幫助的！**
☞ **每天唱唱跳跳學英文是沒有效率的！**
☞ **不會開口講用英文溝通是沒有用的！**

其實學習沒那麼困難，只要方法對了，爸媽即使每天只陪孩子看半小時到一小時的英文節目，一年以後他們的英語能力也會有出乎意料的進步！然而多數的台灣家庭現實是：英文好的爸媽，嫌工作太忙沒時間陪伴孩子學習；英文差的爸媽，沒有自信和孩子共學，但仍舊把自己的遺憾寄託在孩子身上，導致結果都是把英語學習的工作，當成是小孩自己、學校或補習班的責任，全然忘記**語言學習不是一個學科**，而是一個**生活裡用來溝通的工具**。

如果爸媽們仔細觀察，想一想，很多孩子們數學、自然、歷史等等科目成績表現不佳，但即便如此，他們「開口說國語」的能力卻一點問題也沒有，為什麼呢？因為學科成績與天賦、努力有關，而「使用母語溝通」卻是生活及生命中的一部分，是一種工具，所以使用起來反而不會有那麼大的困難。

如果我們把英文定義成一個學科，要孩子去學習，那麼結果往往會激發孩子潛在的抗拒心，無法令其真心、用心地去學習它。為此我們必須將英文視為一種工具，並使用於生活中，才是正確觀念。在這種情境當中，爸媽是最適合不過的英文學習夥伴，可以幫孩子在無壓力的日常生活中塑造一個英文使用環境，沒有老師糾正、沒有同學嘲笑，如此一來，孩子在學校、在補習班裡學到的應用對話，才有真正派上用場的機會。

　　例如當我們在家裡看到房間一片雜亂時，就不妨使用英語與孩子來個對話：

Dad: Derek, your bedroom is messy. There are books everywhere! Go clean up!
德瑞克，你的臥房一團亂，書本到處都是！
去把它清理乾淨！

Kid: Daddy, I am playing Line Rangers now! Can I have 10 more minutes?
爸，我在玩 Line 的銀河特攻隊，我能夠再玩十分鐘嗎？

Dad: Don't get me mad again, Derek.
It is your bedroom, not mine.
If you don't stop it now, I won't let you play it any longer!
不要又把我惹火了，德瑞克。
這是你的房間，不是我的。
如果你現在不把遊戲停下來，我不會再讓你玩了！

Kid: Alright.
I will put comic books into the box.
好的,
我會把漫畫書收到箱子裡。

Dad: That is my good boy!
這才是我的乖兒子!

　　上述對話情境裡使用到的單字,都是在每月學費兩萬塊的補習班課程中教過的字,爸媽只要多跨出一步與孩子一起練習,那些所花費的金錢、時間才不會付諸流水。爸媽們必須建立起一個正確的觀念,那就是:唯有讓孩子願意使用英文這項工具來「溝通」,學習英文才有意義。一旦這樣的態度成功建立,孩子一輩子的英文學習過程將受用無窮。

　　所以,各位爸媽,之後就時時提醒自己,以行動來參與孩子的英文學習吧!切記,不要把英語當成一門學科,而是利用家庭情境,營造出孩子可以說英文的環境,當英文成為一項對孩子生活有助益的工具時,他們自然就不會排斥學習。

父母可以多練習祈使句 V+O

　　爸爸媽媽對小朋友應該有說不完的要求，這時候使用命令句，使用上簡單文法不困難，又不容易忘記。當然囉，既然是命令句，大人用的機會要比小朋友多，所以要提醒小朋友不能對父母使用喔！（但當兄弟姐妹吵架時他們就會常使用到，這種狀況時常發生在我們家裡）。

相關例句

ABCD EFG...

🎧 **Track002**

- Clean the table.
  桌上收乾淨。

- Finish your homework.
  做完你的功課。

- Brush your teeth.
  去刷牙。

- Tidy up the mess!
  把這團髒亂收拾好！

- Go to bed now!
  去睡覺！

- Give me my toy!
  把我的玩具給我！

- Say sorry to me!
  和我說對不起！

步驟 2：以正確態度來理解孩子的「視」界，就不會被氣得半死

有些爸媽覺得自己的孩子難管教，想親自教他們英文，卻反而被氣得半死；孩子也不高興，覺得爸媽沒耐心，因而嚴重影響到親子關係，這種困擾同時也發生在我們周遭的許多朋友當中，屢見不鮮。

要解決這類問題，關鍵在於父母的態度。如果父母老是想用「老師」的態度去教孩子，那麼孩子抗拒的心理，反而會造成他們不願意配合。

其實爸媽們不必想太多，老師的角色交給老師去扮演就好，爸媽的工作，就是**以父母的角色來與孩子們「互動」英文，使他們自然而然地感受英文是生活的一部分**，如此一來他們就不會有那麼大的抗拒心態，也就會如我們一直強調的，感受到英文的學習不是一門學科，而是一個工具。

以下是生活上的實用對話，我們能讓孩子試著用英文提出要求：

🎧 Track003

Kid: Can I play iPad games from eight-thirty to eight-fifty?
我可以從八點三十分玩 iPAD 到八點五十分嗎？

> **Kid:** May I go to the department store with my classmate, Julie?
>
> 我可以和我的同學朱麗葉一起去百貨公司嗎？
>
> **Kid:** Can I play Hide-and-Seek with Angel in the park?
>
> 我能夠在公園裡和安琪兒玩躲迷藏嗎？

就像我們前面所提到的，一開始不必特別去強迫孩子，但要用「溫柔而堅定」的態度以英文與孩子溝通，他們喜歡也好、不喜歡也罷，無論如何，慢慢地他們就會了解你的用意與想要表達的意思；而小朋友想要的東西，想要做的事，我們可以要求他們一律須使用英文表達，否則我們就當作聽不懂。如此一來，孩子便會在不知不覺中，從內心體會到「原來英文是一個日常生活中會使用到的工具」，和學校或是補習班的課程截然不同。

步驟 3：父母英文愈是不好，愈是適合和孩子共學

很多爸媽聽到英語親子共學，第一個反應就是：「我的英文爛到爆耶！」或是「雖然我的英文能力還可以，但發音不夠標準，怎麼能夠教小孩？」大多數爸媽在共學前最擔心的就是自己英文不夠好，無法正確地教小孩，但我們想闡述的觀念是：如果覺得不夠好，那就一起共學吧！

爸媽必練心法

對孩子最不好的影響是：

爸爸媽媽英文不好，所以孩子，
我努力賺錢給你補英文。

對孩子最正面的影響是：

爸爸媽媽英文不好，所以孩子，
我們一起來努力學英文

　　在看過前面的步驟1和步驟2以後，應該可以深刻理解到「孩子的英文學習不是學科的學習，而是作為另一種溝通工具在生活上的學習」，一旦有了「爸媽並非孩子的老師」的認知，也就自然沒有所謂「夠不夠格」這個問題。事實上，爸媽的英文能力越好，孩子在學習英文的表現上，也不見得會比較好，甚至可能更加產生排斥感。我們身邊就有許多朋友，身為英文老師，卻把自己的孩子送到英語補習班，就是最好的例子。

　　在兒童語文的學習上，爸媽是孩子的「夥伴」，此時重要的是爸媽對語言學習的「心」。若是爸媽英文不好，卻一味要求孩子上補習班認真唸英文，並把自己小時候的遺憾投射在孩子身上，孩子心中一定會有所抗拒；但假使當孩子看到爸媽以身作則學習英文時，就算英文不好，也會激起孩子向學的心，這比打罵效果要好上千萬倍。

我們並不是認為「上補習班」這個選擇是錯誤的，而是建議爸媽們，要盡可能在此之中參與到孩子的學習過程。不管上補習班與否，爸媽勢必都要花時間讓孩子覺得「英文是生活裡的一部分、是溝通工具，而非一門學科」。隨著時代演進，網路普及，現在坊間有許多的輔助資料，這些都能夠有效協助爸媽克服英文實力不足或時間不夠的問題，所以請不要感到害怕或排斥，可以放手去嘗試看看。

爸媽必練心法

☞ 共學＝一起提升英文能力！

其實在自己力行英語共學教育後，我們也發現：一旦爸媽開始與孩子共同學習英文，或是教導小朋友學習英文，自己的英文也會有很大的進步；即便是英文本身就好的爸媽，透過這個過程，也可以不斷提升自己的英文程度。

大家或許會覺得：「孩子的英文不過就是唱唱跳跳，怎麼可能會對爸媽英語能力的提升有幫助呢？」這其實是現在一般社會大眾對兒童英文很大的誤解。大家想想看，孩子到了小學，怎麼可能還是每天唱唱跳跳呢？小一到小三應該就要從日常生活對話建立基礎，而到了高年級後，更要培養基本的閱讀能力。英文可應用的範圍不會因年齡受到侷限，所以爸媽們也不要去排斥和孩子一起學習才是。

　　舉個例子吧，從商用英文的角度來看，大人所要學的英文，其實也並不是複雜艱深難懂的術語。試想，外國客戶來訪時，若是要帶他們出去玩，是不是親子間的旅遊對話就可以派得上用場呢？而請客戶吃飯時，平常與小孩練習的餐廳對話，也肯定用得上吧！

　　我們想再度與爸媽們強調：「真的不用太擔心自己的英文」，我們不需要「教」孩子英文，因為那是補習班、學校老師的職責。爸媽是家長，我們的工作應該是與小朋友一起來「學」，讓他們對英文產生興趣，並將英文變成一個可以使用的工具。

聽、說	可以從我們介紹的相關英語教學雜誌（請參照P.094）開始，也可使用一些適合兒童的英文學習書（請參照P.068），還可以選用現在流行的線上教學課程（請參照P.150）……等等。
讀	與大家分享的各種繪本及讀本（請參照P.076），大家可以多試試，不用特別拘泥在某一本書上，只要小朋友感興趣的部分，我們皆鼓勵他們來閱讀。
寫	可以開始做一些簡單的練習，但不用太急躁，只要聽、說、讀都有一定的程度，未來寫作就不會有太大的困難。

以下是我們在餐廳的一段簡短對話，各位爸媽也和孩子們一起試試吧！

🎧 Track004

Dad: This is one of the best Italian food restaurants in New Taipei City.
這是在新北市最好的義大利餐廳之一。

Angel: Really? That sounds super!
真的嗎，聽來很棒！

Dad: Yes, it's a nice place to celebrate your good grades in the exam.
的確是，一個慶祝你在考試中得到好成績的地方。

Angel: Thanks, Dad. I cannot wait to order!
謝謝，爸爸。我等不及要點餐了！

Dad: Here is the menu. What do you want to order?
這邊有菜單。你最想吃什麼？

在上述這段親子對話中，其實把「你考試得到好成績（your good grades in the exam）」改成「我們很緊密的商業關係（our close business relationship）」，不就成了商用英文對話了嗎？我們在職場上時常看到許多人其實連基本的英文溝通都做不好，若是能夠透過親子英文共學奠定扎實的基本功，對於職場上使用英文，一定也有實際的助益！

Don't get smart with me!
不要耍小聰明

媽媽和小朋友每天都是不斷的奮戰。小朋友早上裝病不想上學，考試考不好找一大堆藉口，晚上要去睡覺拖拖拉拉……這時候萬能的媽媽祭上一句：

Don't get smart with me!

🎧 Track005

後面可以再加上：
Wash your face and brush your teeth.
（去洗臉刷牙。）
或 Go to bed now.（去睡覺。）

學習重點

get V. ：得到
這個動詞是得到的意思，可以後面接名詞，或是在後面接形容詞，表示「變得如何」。
例 She is getting more beautiful.（她越來越漂亮了！）

smart adj ：聰明的
例 Derek is a smart boy.（德瑞克是個聰明的小孩。）

步驟 4：工作太累不是藉口

　　除了前面提到的「爸媽會擔心英文能力不夠好」之外，每當我們談到親子英語共學這個概念時，最常見的反應還有：「共學英文很好呀！但我們回家都已經很晚了，也都很疲勞，哪還有力氣跟孩子一起學英文？」

　　我們也曾經是忙碌的上班族，所以能充分能體會下班後氣力放盡的感覺，但親子互動應是沒有壓力的，爸媽不要一直抱持著「要幫孩子準備好課程、教孩子說英文」的想法，只要回家後自然地使用英文互動，並在假日出遊時把英文字彙帶入對話，便能有情境轉換的舒壓效果。

　　用一般生活會話和孩子溝通，就可以培養孩子說英文的能力。比方說，回家後看到孩子，就能以英文關心一下：

🎧 **Track006**

Dad: How was your running race today?
今天的跑步比賽如何？

Kid: It was not bad. I finished second in the race.
不算太糟。我跑第二名。

Dad: Wow, that is great! You must have practiced a lot.
哇，那很棒！你一定做了很多練習。

Kid: No, actually not. I just like to run.

事實上沒有。我就是喜歡跑步。

Dad: Haha, you are like an energetic Duracell!

哈哈,你真是精力旺盛的金頂電池啊!

　　這樣的親子對話,家長不應該覺得疲累,家長和孩子雙方都應該覺得放鬆,因為沒有上司、客戶、同事或是老師來挑自己英文語病,反而可以盡情享受這段親子時光。

步驟 5:另一半不要扯後腿

　　切記,「親」子共學的過程,爸爸與媽媽兩者的角色一樣重要。

　　從我們多年來實際操作的經驗來看,有些時候,父親的角色在共學中可能更為吃重,因為小朋友聽到媽媽講英文,可能會鬧脾氣或是耍賴,但聽到爸爸也一起使用英文溝通時,就知道是「玩真的」了。

　　很多夫妻之間,會先假定「安排教育孩子是媽媽的工作」,特別是全職媽媽,通常會被賦予理所當然的責任,應該要負責去注意小朋友的英文學習……不對,不只英文,應該説是全部的功課都會被認為應由媽媽來負責,這也導致了很多全職媽媽一肩扛起孩子的教育,久而久之產生不小的焦慮感。

的確，全職母親花在孩子身上的時間會比父親來得多，所以很多規劃的工作可以由母親來做，但「執行工作」的過程，一定要父母雙方都一起投入。我們不斷強調英文是個溝通工具，若只有母親來共學，而父親回到家裡時都不配合，那麼孩子在心理上還是很難將英文當成溝通工具。

以我們自己為例，我們夫妻在家有事沒事就會互相講幾句簡單的英文，其實都是普通的對話，也不必顧忌講得正不正確，只要讓孩子覺得爸媽在用英文溝通就行了，像是：

☞ **Any plan for the weekend?**
週末有計劃嗎？

🎧 **Track007**

☞ **Let's go to the night market!**
讓我們去夜市！

☞ **How was your work today?** 今天工作如何？

☞ **I got a big order!** 我拿到一張大訂單！

在進行這些簡單對話時，我們發覺孩子就會很好奇地來「偷聽」，甚至加入對話討論呢！如此一來，孩子便會發自內心將英文當成生活的一部分，這種態度會讓孩子一輩子都受用。只要有心，不在乎時間的長短，而在於投入的心意，與孩子多相處，看著他們稚嫩可愛的模樣，一天的辛苦都不算什麼了！

　　當然若是真的很累、或沒時間陪小朋友閱讀，以下簡短的對話也是誠意十足，身為爸媽的你們千萬不要吝於開口！

Track008

你們可以適時表現關心，對孩子說：

 How was your test?
你的考試成績如何？

看到小朋友成績考得不錯，可以摸摸他的頭，說句：

👉 **I am proud of you!** 我以你為榮！

或是假日打算出遊，也可以說：

👉 **Let's go to the theme park this Saturday!** 我們這週六去主題公園吧！

或是提醒小朋友該去睡覺了，可說：

👉 **Time to sleep!** 該去睡覺了

　　這些簡單的句子，花不了多少時間來學習或者說出口，就是一份心意、就是「以身作則」最好的身教。即使爸媽加班，來不及在孩子睡覺前跟小朋友對話，也不妨在回家的路上，跟孩子通個電話，重點在於要讓孩子感受到：「原來爸媽也在說英文！」依照我們自己的經驗來看，不出兩、三週，效果會非常驚人喔！更重要的是，也會讓另一半輕鬆許多呢！

Don't Forget I Love You!
別忘了我愛你

　　小朋友調皮搗蛋，雖然媽媽都知道要愛的教育，但是看到弟弟或妹妹把房間弄得一團亂，書弄得到處都是，或是把飯粒撒滿地的時候，有時候會忍不住飆罵幾句，但罵完後看到孩子可愛的臉龐，卻又開始後悔……這時候媽媽可以大聲的對小朋友說出

🎧 **Track009**

Don't forget I love you!

forget **V.** ：忘記

小朋友忘東忘西，媽媽使用這個動詞可以多提醒小朋友。

例 Don't forget to finish your homework.
（別忘了寫完功課！）

love **V.** ：愛

愛這個動詞不僅可以表達父母對子女的關心，也可以讓小朋友多說多用，來表達自己的喜愛。

例 I love apples.（我喜歡蘋果。）
　　 I love reading comic books.（我喜歡讀漫畫。）

步驟 6：了解孩子的英文程度（我的孩子英文好嗎？）

　　爸媽都知道自己孩子的英文程度為何嗎？藉由以下內容，幫助爸媽快速了解孩子英文能力高低以及建立語感，這些都是在共學開始之前不能不做的起手式喔！

　　不管是基於安親的需要，還是希望孩子把英文學好，很多爸媽都會選擇讓孩子課後去英文補習班參加英文課程，這些課程每個月少則幾千塊，多則兩、三萬。父母們有沒有想過，幾年下來花了幾十萬，小朋友的英文程度到底如何呢？是不是只要孩子能在補習班辦的聖誕晚會上流利地唱出英文歌或者致辭，就表示英文能力很好呢？如果是這樣，那或許到某個時間點，各位會和我們夫妻倆一樣，在「要孩子用英文說25這個數字時，發現他竟得從1開始數」時一樣，相當錯愕。所以我們建議，爸媽們應該要隨時留意孩子的學習狀況，確認他們有真正吸收內化。

以下我們整理出幾個簡單的方法來觀察小朋友的英文學習效果：

問題	答案
1 是否可以感受到孩子對於上英文課有一些期待的感覺？	
2 爸媽說英文的時候，孩子是否能夠聽得懂並做一些回應？	
3 看到外國人時，是否至少願意說聲hi，並能進一步簡單聊天？	
4 在看「大家說英語」或是「A+English」等初級英語教學節目時，是否能夠大致瞭解外籍老師的口語敘述？	
5 在閱讀「大家說英語」或是「A+English」等初級英語雜誌時，是否能在沒有中文提示（但可查字典）的情況下瞭解短文內容？	
6 是否感受到孩子有意願閱讀繪本，或是短篇英文故事等書籍？	
7 對於教育部國中小基本英文字彙1200字，孩子是否看到英文單字時，至少有一半以上能回答出中文的意思？	

如果上述幾個問題中，有一半以上是肯定的，那就代表孩子的英文上軌道了；反之如果有一半以上答案都是否定，那父母就要好好思考孩子學習英文的過程中是否有哪一個環節出了問題，進而想辦法透過親子共學的方法補救。

步驟 7：語感的建立

本書中將會一直提到所謂的「語感」。這是什麼，為何重要呢？

小孩英文要學的好，建立語感是不二法門。語感就是對語言的感覺、對語言的情感。有了語感，小朋友就可以自我終身學習，而不會把它當成一門學科來奮鬥、或當成一名敵人來抵抗。

語感的建立對英語為母語的孩子來説不難，對他們來説只要每天唱唱跳跳就好。但對於非英文母語的孩子而言，便要有些方法了，其實説來不難，就是讓孩子在不排斥、不厭惡的情況下，不斷密集的接觸、使用英文。

送到雙語小學可能是其中一個方法，但是要考慮預算，以及孩子適應性的問題。適應性的問題是在於，小學階段是以學科教育的方法教授英文，而這種方法不是每個孩子都能習慣。

另一個方法則是目前大部分爸媽選擇的——送到雙語安親班。在安親班學英文當然有所幫助，但仍會發生孩子抗拒的問題，而且學習時間不夠，一週兩到三次的課程，是無法讓孩子將英文內化的。

爸媽必練心法

☞ 唱唱跳跳的方法若學習時間不夠，
效果會很有限

☞ 太過於考試導向，
又難以建立孩子和英文的情感

我們認為，僅依賴目前學校及安親班所提供的英文教育，對於建立孩子英文的語感是不夠的。沒有對英文的感情，未來到了國中面臨會考壓力，英文很容易就退回原點。

以下是我們建議的幾種實際能建立英文語感的方法，各位有興趣進行親子共學的爸媽們參考看看：

❶ 準備孩子有興趣的英文故事、短文或漫畫，讓小朋友發覺到：學習英文才能看的懂。

❷ 在日常對話中，特別是孩子的三求：請求、要求、需求，都必須要用英文來問，孩子知道英文是個跟爸爸媽媽溝通的工具，自然就會對其另眼相看。例如：Angel想和同學去百貨公司……

🎧 **Track010**

Angel: Dad, can I go to the department store nearby with Julie?

爸，我能和朱麗去附近的百貨公司嗎？

Dad: When will you go?

你何時要去呢？

Angel: This Saturday afternoon.

這個週六下午。

Dad: Why don't you invite your friends to our place?

什麼不請你的朋友來我們家呢？

Angel: We want to play the game of IDOL.

我們想要去玩 IDOL 的遊戲。

Dad: I see... But do you have money to play?

我知道了……，但是你有錢可以玩 IDOL 嗎？

Angel: Yes, I still have some pocket money you gave me. $60 is enough to play the game.

是的，我還有一些零用錢。六十塊錢就足夠玩這個遊戲了。

❸ 安排同儕間的英文共學，並加入一些英文單字或是故事表達的挑戰賽，讓孩子感受到成就感。

❹ 手機或電腦遊戲都要求使用英文介面，這樣不知不覺就能從遊戲中學到英文，孩子也可以深刻感受到英文的實用性。

❺ 單字要用視覺、聽覺記憶法，切忌讓孩子「硬背」單字。可在睡覺前及車上多播放些英文單字的CD，平常一到兩天留20～30分鐘讓孩子看看單字中英圖像連接的字卡，久而久之孩子就記得這個字，並和這個字建立連結了。

「背誦」是最糟糕的示範，不但效果不好，忘得快，也很容易抹殺孩子的學習動力。不過我們觀察到很多兒童英文補習班還是以背誦作為記憶單字的主要方法，請爸媽要特別注意：**並不是不能背誦單字，但是務必要先建立對語言的感覺**，否則一旦孩子對於「認識」單字失去信心與興趣，以後就很難挽回了。這與讓孩子背誦經書是兩回事，並不是「先背再說，以後自然會了解」，語言是一個工具，所謂工具就要「習慣成自然」，所以建立孩子跟一個語言之間的感情連結是很重要的！

❻ 短文英翻中練習。在台灣學英文當然不必像國外一樣，一來台灣沒這個環境，二來我們的母語始終還是中文。我們發現，幫助孩子去體會英文的文字結構及代表意義，也就是所謂「語感的建立」是非常重要的。對孩子來說，以學習文法的方式來建立語感絕對不是個好方法，反而會揠苗助長，最後讓孩子感到很沮喪。應以循序漸進的方式，依照孩子學習進展準備他們感興趣的英文生活短文會話、短篇童話故事，或是漫畫書來練習翻譯最有效果，孩子可以隨時查

閱字典，但絕不能給他們先看中文翻譯。坊間有很多中英對照的故事書，對孩子來説不見得適合，因為人總是有惰性的，如果對於題材很感興趣，一定會想趕快翻到中文翻譯閱讀，讀完後就更懶得一個字一個字地看英文部分了。所以，最好的方法就是讀原汁原味的純英文文章。爸媽千萬不要低估小朋友的潛力，當他們知道單字的意思後，雖然不知道文法，還是或多或少能夠猜到意思。就算真的看不懂也沒關係，多看幾遍、認真思考過、父母再解釋後，小朋友對於該句型就會建立起語感了。

以我們自己的經驗為例，剛開始讓孩子翻譯時，他們的抗拒心很強，生活短文也翻不出幾句。但很快地，在兩、三個月後他們就得心應手，還覺得十分簡單，這時就可以再慢慢增加難度及文章的長度。

程度好一點的孩子，也可以透過像是拼字接力接龍比賽增加字彙量，也就是每説一個單字，後面接手的人要用前一位説的單字最後一個字母做字首，説出一個單字，且單字不能重複。單字聯想遊戲也是一個好選擇，爸媽丟一個單字出來，要請小朋友來聯想這個單字的用詞延伸，或是詞類的延伸。

這些訓練不止是對建立孩子的語感有所幫助，最重要的是還可以作為拼字、閱讀訓練的基礎。希望上面列的這幾種方法，對各位爸媽們都能有所幫助。

Lesson

2

正式開始
親子共學

Lesson 2 正式開始 親子共學

　　前一課裡我們先養成了正確的親子共學態度，現在就要開始共學囉！那麼有哪些事項要注意呢？以下我們有七個共學建議，只要遵守這些原則，一定能協助爸媽們在親子共學時達到最大、最好的效果喔！

共學建議 1：把握黃金學習時間

　　「最適合共學的年齡，是學齡前的小朋友嗎？」很多家長應該都會這樣想，然後自然地聯想到爸媽帶著孩子讀繪本的溫馨場面⋯⋯

　　無可厚非地，對學齡前（2～5歲）的孩子以聽故事、唱唱跳跳的方法來接觸英文沒有什麼不好，但這絕對不是「共學」，因為孩子「並沒有真的在學英文」，對爸媽而言，也只是單方面的「教」，自己本身可學習的部分是少之又少。

　　幼兒園的孩子還在牙牙學語的階段，連對母語的認知都還懵懵懂懂，也缺乏思考抽象事物及接納邏輯性事物的能力。舉個例子，女兒兩歲時，我跟她講一個英文單字「mad」，意思是「瘋狂的」，這時她就問我：「媽媽，『瘋狂』是什麼意思？」這就是缺乏一定中文基礎時，

要去發展另一種語言的困難點……

於此階段，我們只能讓孩子先培養一些語感、興趣，及非常基礎的簡單字彙，但作為未來使用的語言、作為一種溝通的能力，這個階段要有明顯成果，實在還早了點。因此，我們建議**最好共學的年齡是從幼兒園大班到國小六年級。**

這個階段的孩子對母語中文的架構已經有了一定的基礎，且專注力也提升許多，特別是小學三年級以後的孩子，他們更能掌握系統性學習的能力。此時一起共學，安排適當的學習計劃，效果會非常好。

而共學最晚也不要超過小學五年級以後。一方面孩子在這階段的課業壓力將逐漸變重（中年級與高年級絕對是一大分水嶺），幾乎所有科目的難度皆大幅提高，這會壓縮到英文學習的時間；另一方面我們也觀察到高年級小朋友的學習彈性會變得較低，對新事物的接受度也不比從前，容易抗拒英文共學。

我們比較「從小四開始共學的女兒」和「從小一開始共學的兒子」，很明顯地，較早共學的兒子對英語興趣較高，也更敢開口說、不怕犯錯；女兒一開始時則相對緊張，也不敢大聲念出來，深怕講錯，更別提大聲用英文說出想法了，導致我們玩英語搶答遊戲時常常輸給弟弟。我們經過一段時間的努力，才讓女兒大方自然地講英文。

 英文俗諺說：
You can't teach an old dog new tricks.（老狗學不會新把戲）

🎧Track011

愈晚接觸英文，對孩子來說會愈難適應（但如前面所説的也不宜太早），所以我們建議，從小一或幼兒園大班開始，就能夠安排「有持續性但沒有過度負擔」的親子英文共學計劃。相信各位會和我們一樣，看到孩子的英文能力像身高一樣迅速地竄高時，會有滿滿的成就感，且這也是孩子上國中前，爸媽還能將孩子摟在懷裡，最重要的親子親密時光啊！

共學建議 2：理想的共學人數

接下來是找到適當的共學人數。恰好的人數才能將共學的優點發揮到最大。從我們自己的經驗來看，二到四位是最理想的。

對於孩子來説，學習人數過多或太少都不好。一般補習班由十五人上下組成，這樣的人數有點太多，老師不容易注意到每個學生的反應，特別是小朋友人數一多，就很容易吵吵鬧鬧，影響學習效果；另外在

大概1～1.5個小時的教學時間內，每位學生和老師互動的時間也十分有限，不容易針對每個學生發音及會話上的缺點進行有效的矯正；同時，人數愈多，學生能開口練習英文的機會也會相對變少。小孩子的學習矯正不能用強制的方法，而是要不斷地溝通與示範才有效。這點在大班制的學習環境裡，是很難有效做到的。

而我們對大班制（10～15人以上）最詬病的一點在於這樣的教學讓孩子感覺太正式，就像是在學校上課一樣，而且所學的內容還不是他們喜歡的，這樣孩子就一定會把英文當成是一門學科來學習，而非工具了。很多孩子會因此變得痛恨英文，把學英文當成對父母交差了事的作業，也是預料中的事情。

另一方面，孩子畢竟自我控制能力及自學能力有限，長時間與老師一對一學習其實效果也不見得好，沒有實際同儕互動使用英文，學習效果也會大打折扣。

我們的建議是家裡若有兩個孩子，就一同和父母來學英文，也可邀請鄰居小朋友、或是學校同學一起共學。不管是對話或是枯燥單字的學習，只要使用趣味競賽和生活中學習的方式，營造輕鬆自然的環境，孩子也就會慢慢把語文學習當成生活中的一部分。

舉例來說，我們的孩子原本十分抗拒重複唸課文或單字，要他們一個字唸三次就好像要他們的命一樣，於是我們就發明了一個遊戲，讓他們和其他孩子一起透過「玩」的方式願意開口，從此便不再抗拒說英文了！

玩遊戲學英文：我要唸 N 遍

道具：骰子（或也可選擇抽撲克牌或UNO牌）與一支筆

玩法：將筆尖指向要唸的句子或單字，請小朋友丟骰子，抽
到數字多少，就要唸多少遍。

實測心得：我們當初也只是靈機一動
試試看，沒想到姊弟倆玩得不亦樂
乎，本來只是擲骰子（最大上限是6
遍），後來玩得不夠，弟弟就去拿
了撲克牌，這下子最大數字變成是K
（13遍），姊姊竟然還覺得不過癮，
最後拿出UNO牌，因為UNO有倍數牌
（2x），數字就變得更大了！

　　若家中只有一位小孩，又不易找到其他一起共學的同伴的話，這時
候爸媽扮演的角色就更加重要了。再次提醒，語文共學的過程中，爸媽
千萬不要以老師的身份出現，而是把自己當成孩子的夥伴，和孩子站在
同一陣線，一同克服學習英文的挑戰。

　　當然我們也鼓勵幾位小朋友一同共學時，可以彼此分享有趣的話
題，例如：

 TALK

🎧 Track012

Parents: Hi kids, what is your favorite fruit and why?
小朋友們，你們最喜歡的水果是什麼，為什麼？

Angel: My favorite fruit is banana. It is yummy!
我最喜歡的水果是香蕉，因為它很好吃！

Derek: My favorite fruit is bell fruit. It is juicy!
我最喜歡的水果是蓮霧，因為它很多汁！

Julie: My favorite fruit is orange. I like to drink iced orange juice.
我最喜歡的水果是柳橙，因為我喜歡喝冰柳橙汁。

John: My favorite fruit is beef. I like beef noddles.
我最喜歡的水果是牛肉，因為我喜歡吃牛肉麵。

Parents: John, beef is not fruit! They are different!
約翰弟弟，牛肉不是水果喔，他們不一樣！

Fruit?

共學建議 3：找到好的夥伴，分級共學

獨學而無友，則孤陋而寡聞——孩子學英文若能有夥伴加入就更棒了！

在我們開始實行親子共學一段時間後，和孩子在一起時就習慣了使用英文對話。比方說早上上學，在等電梯的時候就不經意地進行對話：

 Track013

Parents: Derek, do you bring your school badge with you?
德瑞克，你有帶學校的名牌嗎？

Derek: Yes. It is in my school bag.
是的。在我的書包裏。

或是下課後，我去接孩子時，他們會開心地和我對話：

 Track014

Kid: Dad, I am so hungry. Can I have a scallion cake?
爸爸，我肚子好餓。我能吃一塊蔥油餅嗎？

Parents: Sure!
那當然！

　　鄰居有一次問我們在做什麼，我很自然地回答：「在玩英文遊戲啊！」沒想到他們都很羨慕地問：「我們家的小朋友可不可以一起來玩呢？」事實上，我們已經開始與許多朋友一起進行共學，他們都知道我們有相當多共學經驗，所以有時到家裡喝下午茶，這些朋友就會把孩子一起帶來。

　　當大人在開心的聊八卦的時候，我們也沒讓小朋友閒著，他們可以：

 ❶ 一起看一部英文電影或卡通

 ❷ 看英文教學節目

 ❸ 玩單字比賽或是英文時光比賽，看誰忍不住先說中文

其實小朋友之間有很多可以聊的話題。以我們家兩個小朋友為例，他們用英文聊天時，似乎總有講不完的話：

🎧 Track015

Derek: Angel, do you want to play UNO?
安琪兒，你要玩 UNO 嗎？

Angel: No, it is boring. And Mom won't join in.
不要，太無聊了。媽媽也不會加入。

甚至可以在遊戲的過程裡看到孩子們一些有趣的互動：

🎧 Track016

Angel: Derek, come to see my new LEGO house.
德瑞克，來看我的新樂高房子。

Derek: Wow, it is big! Let me add an yellow door!
哇，好大一間。讓我加一個黃色的門。

Angel: Derek, why do you hit my head!
德瑞克，你為什麼打我的頭 ?!

Derek: You play with my toy car!
因為你玩我的玩具車！

　　一旦用有趣的方式來進行，孩子的興致就會高很多。我們知道很多爸媽工作很累也很忙，也擔心自己的英文不夠好，所以共學的觀念若能推廣，絕對是雙贏局面。如果爸媽覺得自己英文不夠好，試著認識周遭英文不錯的朋友或鄰居。記住，只要有心，不管是自己來領導共學，或是請朋友、鄰居來，在社區的活動中心也好，在親子餐廳也沒問題，當然也包含在家裡，使用本書所提到的資源和共學方法，效果絕對會出乎意料的好！

　　但要注意，不同年齡的小孩，英文程度通常會有差距，學習力和專注力也有所不同，所以課程內容設計上也必須有所差異才行。

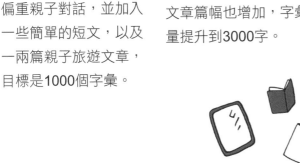

高年級

高年級
（五、六年級）

以故事書／章回小說，閱讀翻譯練習，和親子旅遊文章為主，字彙量提升到5000字。

中年級

中年級
（三、四年級）

偏重於難度提高的短文閱讀翻譯，並用生活對話輔助，而親子旅遊的文章篇幅也增加，字彙量提升到3000字。

低年級

一二年級及學齡前
幼兒園大班

偏重親子對話，並加入一些簡單的短文，以及一兩篇親子旅遊文章，目標是1000個字彙。

低年級的孩子很難集中注意力，所以我們建議在學習上父母親要全程參與，解釋字彙以及翻譯，否則孩子會很容易一直分心，沒辦法集中精神。

　　隨著語文實力及年齡的提升，父母在閱讀學習的工作上及單字視覺、聽覺的學習部分，可以視情況讓小朋友自己來學習，並由父母來驗收結果。總而言之，每個小孩都是不同的，父母要觀察孩子的學習特性，找出彼此都能接受，衝突性最低，而且效果最好的親子共學法。

共學建議 4：創造英文實用情境

　　孩子的學習動機是很直觀的，「是否好玩」或「是否有需要」這兩點會很明顯地影響到學習效率。一般孩子在學英文時多半帶有抗拒，這是因為感受不到英文的實用性。所以我們在和兩個小朋友英文共學時，會設計一些情境，讓他們覺得學英文是有需要的。

　　比方說，姐弟倆喜歡玩WooparooLand的遊戲，我們會讓他們使用英文版，迫使他們須先學習上面的英文單字後，才知道該如何玩，並且要求他們以英文來詢問我們能不能玩遊戲。我們建議，從小就讓孩子養成這樣的習慣，在向父母提出一些要求（遊玩、零用錢或是各種需求）時，都要使用英文。這樣，孩子潛意識中就會把英文當成溝通工具。

　　舉例而言，下面的對話就是我們家常見的情境：

 TALK

🎧 Track017

Kids: Can I play on iPad after dinner?
晚餐後能玩 iPAD 嗎？

Parents: Yes, but only for fifteen minutes.
可以，但是只有十五分鐘。

Kids: I have finished my dinner. Can I play now?
我已經吃完晚飯了，我現在可以玩嗎？

Parents: You can play from seven thirty to seven forty-five
你可以從七點三十玩到七點四十五分。

Kids: Thank you very much, Daddy/Mommy!
非常謝謝爸爸／媽媽！

It Must Be Your Daddy's DNA!
那一定是遺傳自你爸爸

爸爸翹著二郎腿，兒子也有樣學樣。 晚飯後，爸爸一邊看電視一邊吃洋芋片，Derek也在旁聚精會神看電視吃零食，沒人幫忙洗碗收桌子。這時候媽媽又好氣又好笑，就不妨對他們倆來上一句：

It must be your Daddy's DNA.

Track018

學 習 重 點

must aux. ：必須

是助動詞必須的意思，要求小朋友時可以使用。

例 **You must go home now!**

（你現在一定要回家！）

daddy n. ：爸爸

是爸爸的暱稱，比較正式的說法是father

例 **My Daddy is an engineer.**

（我的父親是一位工程師。）

共學建議 5：建立全家人的英語時光

在共學時，爸媽可以自然地將家裡塑造成無處不英語的環境，讓孩子養成在生活中能隨心所欲使用英文的能力。

你可以規定全家人在家裡時的某一段時間內只能說英語，也可以藉由寫英文字、比手畫腳，或甚至查閱英文字典後秀出單字的方式來表達。無論什麼溝通方法都可以，就是不能說中文。

「塑造一個全英文的時間與空間」是個老方法，類似母語學習法，可以說是小朋友學英文最好的方法，但也是失敗率最高的技巧。我們以前也會和許多的爸爸媽媽一樣，試不到兩次就放棄了。

大家碰到的問題不外乎是：

👉 **小朋友不配合：**

一宣布大家只能講英文的時候，孩子一定是哀號不斷，然後千萬個不願意配合。

👉 **老公不配合：**

有時候好不容易塑造一個環境，爸爸工作太累回家不想配合，這樣小朋友很容易看破爸媽手腳，就做不下去了。

👉 **無法持之以恆：**

這是初期發生在我們家的情況，試了兩次後就放棄。因為……真的有夠累。

在失敗後，我們夫妻發揮在管理顧問業「實事求是」的精神，設法找出背後的原因，對症下藥，於是第二次執行就非常成功，現在也成為了我們日常生活的一部分。這段全家的【英語時光】效果可謂相當驚人，我們從一開始每週週五晚上一個小時，到現在週六全天使用英文，讓小朋友漸漸覺得英文是生活的一部分，孩子從一開始的不適應到現在十分習慣，甚至還變得有些期待呢！只要找到訣竅，一切容易多了！趕快來看看訣竅有哪些！

訣竅1 ▸ 循序漸進

【英語時光】的施行，千萬不要一開始就下猛藥。爸媽可以先規劃30分鐘，再慢慢拉長到一個小時，等到大家都習慣後，再慢慢增加時間。

訣竅2 ▸ 準備暖場事宜

小朋友英文不好，爸媽英文也不夠好，這本來就是大多數家庭的事實。若貿然開始英文時光，可能的狀況就是大家面面相覷，只能比手畫腳。

我們家的做法是先從一起看教學節目開始，然後是共讀一本書或繪本，再來才是從餐桌上，或玩桌遊的30分鐘。換句話說，就是為【英語時光】找到一個可以暖場，大家容易有的共同話題後才開始實行，孩子也不會因為不知道該說什麼、該使用那些字而「嗯嗯啊啊」地老半天。

訣竅3 ▸ 建立常用對話模組

羅馬不是一天造成，而親子英語時光也不是一蹴可幾。如果能把日常生活對話中常出現的句子與小朋友做頻繁的練習，要開始進行【英語

時光】就容易多了。

這些英文對話的取得並不困難，坊間許多親子英文工具書都有，除了我們寫的紫皮會話書《孩子，英文會話開口說》外，也可以請爸爸媽媽多參考我們所列出的教學資源。

我們也是在讓孩子熟悉這些簡單對話後，才再次啟動【英語時光】，這時候的對話交集就多了很多。

訣竅4 從遊戲中學習

這個方法是最有效的。因為會讓小朋友覺得他們在【英語時光】中，其實不是一種學習而是一個遊戲。而我們使用的方法很簡單，就是在指定的【英語時光】內，全家人只能說英語，若是誰不小心說出中文，就要罰10塊錢。這個方法雖然老掉牙，但小朋友還真的會買單，很認真地拿了一張紙來記錄，我們當然也「配合演出」故意不小心說出中文，讓小朋友笑得很開心又得意。一旦孩子覺得很有成就感，又有難得的機會可以抓住大人們的小辮子，也就會提醒自己要在這段時間內保持說英語，那麼這個【英語時光】就一點都不難度過啦！

【英語時光】在我們家已經是週末的日常活動了，我們對話中的英文都很簡單，有時候只是一句短語，有時候甚至只有一個單字。但是，彼此都還是能溝通，不只我們大人的英文變得越來越好，小朋友更是進步神速。

這是我們在家裡餐桌上的一段簡短對話，你們也來試試吧：

 **TALK**

🎧 **Track019**

Dad: Derek, stop playing with your food.
德瑞克，不要再玩你的食物了。

Derek: Dad, I am not hungry.
爸，我肚子不餓。

Dad: You are not hungry because you don't like the eggplant.
你不餓是因為你不喜歡吃茄子。

Derek: It is not yummy.
I want to poo now.
它不好吃。
我現在要去大號。

Dad: Don't get smart with me.
Finish your dinner first.
不要耍小聰明。
先吃完晚飯。

生活英語小補帖

Turn off the TV when I count to 3.
當我數到三時，把電視關掉

　　小朋友是很難有自制力的生物，一旦玩了一個遊戲或是看了一個電視節目入迷之後，就算是打雷的聲音都聽不到。爸媽有時候吼到「燒」聲，小朋友也不理。

🎧 **Track020**

　　這時候請一定要教導小朋友養成紀律！你可以這樣說：

Turn off the TV when I count to 3.

還可以補上一句：**If you don't, you cannot watch it in two weeks!** （如果你不關掉電視，你兩週內都不能再看了！）

turn off：關掉

雖說中文都是「關掉」，但turn off是指電器用品的關掉（打開是turn on）。使用上不要和 close 搞混，因為close是用在非電器用品的關閉。

例 Angel, please turn off the fan.
（安琪兒，請把電風扇關掉。）

例 Derek, please close the window.
（德瑞克，請把窗戶關上。）

共學建議 6：生活無處不英文

日常生活中有許多英文對話，爸媽可以試著在家與孩子練習。孩子嘴上不說，但內心是十分敏感的，若是看見父母也很用心來練習英文，他們不但會自然地降低抗拒心，更會受到激勵也認真說英語。語文是一個工具，唯有使用、應用、練習，才能切身感受其用處。因此，父母在家與小孩的每日練習就相當重要了。時間不用多、句子不用長、文法不一定要對，敢開口最重要！

日常生活對話不妨從一天的作息開始。很多爸媽可能會有些疑慮：「孩子又不會講英文，怎麼知道如何跟我對話呢？」其實相關的對話在各種書籍裡都有，平時也可以先跟孩子作角色扮演，與孩子試著將角色對調，把句子練熟之後，孩子自然會一聽到你講的話，就知道該回你什麼了。

日常生活可用來練習的情境有很多，例如一大早起床時可以說：

 Track021

Parents:	It is seven o'clock. Time to get up! 早上七點了，該起床了！
Kid:	Ten more minutes... 再給我十分鐘啦……
Parents:	You got to hurry up. Or you will be late for school. 你要快一點，否則上學會遲到喔！

Kid:	Alright. 好的。
Parents:	Get up now. Go (to) wash your face and brush your teeth. 起床後去刷牙洗臉。

　　上學途中的時間，爸媽也可以在接送孩子的路上做一些練習互動，日積月累就可以慢慢看到成績！比方說，可以先和他們練習Monday to Friday：

 Track022

Parents:	What day is today? 今天是星期幾？
Kid:	Today is Monday.（Monday 可以換成 Tuesday, Thursday...） 今天是「星期一」（「星期一」可換成「星期二」、「星期三」。）

每天都可以和孩子輕鬆地練習對話，先不用急著要求他們拼字，經過一段時間熟悉如何將單字說出口之後再開始即可。

另外還有個需要注意的重點：若使用疑問句詢問孩子時，**請試著要求他們說出「完整的句子」，而不要只是「一個單字」**。如此習慣成自然，孩子就可以在不知不覺中學會一些文法的使用方式：

🎧 Track023

Parents: Do you feel cold?
你覺得冷嗎？

Kid: Yes. (x)
對。(X)

Yes, I feel cold. (O)
對，我覺得冷。(O)

我們的基本態度是：「對於孩子不需要特別教授文法，強調自然而然的學習。」如此一來記憶深度才夠，語言直覺反射的效果才會凸顯出來。畢竟國小階段的孩子邏輯結構還不夠完整，他們在中文母語學習上，也從未使用過強調文法的方式學習。若是貿然使用文法來教孩子，恐怕會出現適得其反的結果。

　　並不是說小孩不需要有文法觀念。當然，我們希望孩子不斷的進步，說出正確的句子，但要透過不斷的閱讀翻譯練習來讓孩子建立文法的觀念。另外，碰到孩子出錯時，也不用急著糾正，因為敢開口說就已經值得鼓勵了。我們可以在對話告一段落後，再適時提醒他們；或是在進行回覆時，順勢把正確的句子說出來即可。以我們家自己的實例示範來說明：

小孩常會說（以下是孩子常可能直接把中文翻譯成英文的做法）：　🎧 **Track024**

☞ **I want play basketball and Peter. Can I?**

這個時候，父母就要給予鼓勵說：

☞ **Good job! I know what you want! You said that you want to play basketball with Peter. Yes, you can go after finishing your homework!**

（說的好！我知道你想要什麼。你想要和彼得玩球。可以的，你在寫完功課後可以和他一起玩。）

　　雖然我們認為孩子在小學中年級以前不需要特別學習文法，但英文的語言結構畢竟還是與中文不同，所以爸媽仍然可以看情況適當地提醒孩子其中的差異。基本上，只要告訴他們一些基本規則，以及英文文法中的例外狀況，其餘則不需要特別去背，因為就算去背也會忘記。只要讓孩子不斷接觸到，他們就會自然記下來了。

Time To~
提醒孩子什麼時間做什麼事的句型

　　小朋友最沒有時間觀念了，我們每天就是不斷的用英文「提醒」兩個寶貝糊塗蛋要做的事情。若是事情緊急，那就不用客氣直接用命令句。但是若還有商量空間，或是可以等一等的時候，我們就會用「time」這個字和小朋友溝通。

　　這個句型使用上很簡單，爸爸媽媽要記得若是time後面接的是名詞，就用for這個介係詞，若是接動詞，就使用to。

例 Time for lunch.（吃中飯了。）

Time for school.（該上學了。）

Time to turn off your iPAD.
（該關掉 iPAD。）

Time to practice the piano.
（該去練習鋼琴了。）

Time to take a shower.（該去洗澡了。）

Track025

共學建議 7：建立好的發音

　　孩子的發音應該是有心於親子共學的父母最傷腦筋的一部分。

　　大部分的爸媽覺得自己英文不夠好，或者就算英文還不錯，也認為自己的發音比不上母語者（native speaker），怕會就此「帶壞」小孩。其實這一切都是爸媽自己多慮了。我們夫妻倆自己的發音也比不上播音員，但「語言是拿來溝通的」，說得出口、能表達意思及情感比什麼都重要啊！難道說我們會因為國語無法字正腔圓而不跟孩子說國語嗎？

　　比起「發音」我們應更重視孩子的「發言」，千萬不要為了追求完美的發音而弄得孩子不敢開口，或是缺少足夠的語言接觸量，那就得不償失了。當然，也不能完全不重視發音，因為當誤差過大時，就會有「聽不懂」的困擾。因此，在小朋友肯開口、能溝通的前提下，共學的父母可以用一些小技巧來幫助子女學習標準發音：

❶ 多聽母語者的發音：

　　小朋友的學習力像海綿一樣，讓他們看或聽很多的教學節目，其實發音就會在不知不覺中進步了。我們的兒子就是這樣每天聽一小時的節目，越小的孩子模仿力越強，甚至很多字的發音其實都比大人還要棒！

❷ 製造與母語人士對話的機會：

　　若是預算許可，可以安排一些線上或是真人一對一的對話（請參照P.150），適當地來校正發音，時間不用太長。例如我們讓女兒每天上

個二、三十分鐘線上英文教學，女兒不但越來越敢開口，發音也變得更好，更有自信！

③ 學習母語者的嘴型：

　　這是我們長時間共學下來發現到的有效方法。可以提醒小朋友在觀看電視教學節目，或是與母語人士説話時，注意他們講話的嘴型。我們還試著讓兩個小朋友看著鏡子講英文，效果真的蠻好的。當孩子看著自己嘴唇嘟在一起，都會忍不住笑出來，也就會很自覺地開始留意英語發音時的嘴型變化了。

　　藉由以上方法，便能使孩子英語發音時有一定的準確性，相信我們，小朋友是最優秀的模仿者！

運用好工具來共同學習① ——
選擇最佳英語親子書

Lesson 3

運用好工具來共同學習① —— 選擇最佳英語親子書

　　在第三課與接下來的四～九課中，我們想與大家分享適合親子共學的工具教材。首先是英語書籍的部分。除了我們已經出版，關於單字閱讀及會話的四本書外，接下來還會推薦很多不錯的書籍。生活上的對話永遠不嫌多，不管是學校、寫功課、出去玩、做家事或者是其他親子活動，都有說不完的話題。如果對自己的英文或是發音沒信心，也可以選擇現在坊間很多的親子英語對話書籍，多多益善。

　　現在一本書籍平均大概多是三、四百元，還附上一片CD，這比補習班一堂課都還要便宜。每天與小朋友互動練習不同的對話，可以增加用字的豐富性，及與不同人說話的語調辨識。我們也建議在練習過一兩本書後，再添購新的教材。可以直接請小朋友先試著看看是否了解其中對話的涵義，會有意想不到的好效果。

✎ 使用親子英語書之前的建議

　　我們使用過不少的親子英語學習書，其實內容大同小異。只要夠生活化，符合我們民情風俗，有MP3可以練習正確的讀法與聽力，就可以考慮使用。不過我們還是整理幾點參考使用英文學習書籍時的建議給爸爸媽媽。

① 不要急著和小朋友一篇一篇的學習

親子共學的目的，誠如前面一直強調的「讓英文成為一種工具」，因此要避免孩子將「英文」和「學科作業」畫上等號，如果選用了英語讀物，但卻使用學校教條式的方法一篇一篇學習，就會本末倒置，無法達成親子共學的原意，小朋友也會因為有壓力而排斥。最好從孩子有興趣的內容開始培養他們的興趣，讓他們對英文產生好感後，學習起來會更暢行無阻。

② 多花時間去聽MP3

MP3是以聽力的方式去幫助記憶英文，可以彌補一般視覺學習的不足，也能分散孩子以同一種方式學英文的疲乏感。聽MP3的目標是要聽到滾瓜爛熟，若有中文講解，小朋友可以邊聽邊記住對話的意思。若是沒有，父母可以適當地從旁提醒。

③ 爸爸媽媽也要一起學習，熟悉書中的對話

親子英語書籍的目標客群絕不是小孩，而是給「想要跟孩子一起說英文的爸爸媽媽」，所以絕對不要買了之後就丟給孩子自己讀，要一起學習參與、一起運用在實際生活裡才對。比方說，幾乎每一本親子英語書都有：Time to get up!（該起床了！），爸爸媽媽就可以實際在生活上以這句話叫孩子起床，或是 How was your math test?（數學考試如何？）讓他們簡單回答：It was bad/good!（考的不好／不錯）

或許一開始孩子不太搭理你，你會覺得有挫折感，好像都是自己一頭熱，但是請堅持下去，你會發現，孩子很快就能對你的苦心有所回應！**如果你太快放棄，那就永遠不可能真正有實現親子共學英語的一天！**

④ 讓孩子養成自己也能學習的習慣

　　雖說親子共學需要爸媽們的參與，但也要記得「別只有你們自己樂在其中」，從頭到尾都只有爸媽在說、在看、在聽，孩子卻一旁放空著。爸媽們可以把一些對話及短文，在沒有中文的提示情況下，讓孩子自己閱讀、說出中文意思及訓練閱讀能力，使孩子們真正進入到共學的環境當中，日後即便爸媽不在旁邊，也能自主學習。

親子英語書書籍介紹

　　以下是兩本市面上「歷史最悠久」的親子英語書，我們都親身試驗過。因為不同年齡層的孩子，生活情境會不同，就會有比較適合的書籍。針對幼兒園或低年級的孩子，建議《媽媽是最好的英文老師》；中高年級的孩子，建議使用《我的第一本親子英文》。

① 《媽媽是最好的英文老師》
- **書籍特色**：有英文互動遊戲和字卡、以及歌謠
- **適合對象**：幼兒園到小學低年級
- **使用方法**：這本書的書名的確容易誤導父母，以為只有「媽媽」才要教孩子英文。殊不知，爸爸也是肩負重大任務的喔！「媽媽」只是父母的代表（大概是因為全職媽媽人數多於全職爸爸），爸爸和媽媽都可以跟孩子一起共學。這本書適合跟年齡較小的小朋友一起共學，練習情境中的重要句型，把書籍所附的MP3當作床邊故事播給孩子聽，出門時在車上也播放，並與孩子做簡單的對話練習。在共學剛開始的前三個月，我們使用這本書，因為相對簡單，讓小朋友不斷多聽多說，習慣成自然，孩子也不會覺得有壓力。由於是針對較小的小孩，

我們會鼓勵父母多和小朋友去玩書中的遊戲、一起唱歌謠。也可以利用書中所附的字卡開始做學習單字。

② 《我的第一本親子英文》

• **書籍特色**：內頁插圖生動，對話情境生活化
• **適合對象**：小二到小六有基本英文程度的小朋友
• **使用方法**：這本書適合爸媽帶領已經上小學的孩子來共學，與孩子一起朗讀，練習短文中重要單字及句型，並且把書籍所附的MP3當作床邊故事播給孩子聽，出門時在車上也播放，並趁機與孩子做句型練習。

　　我們使用這本書的整體效果很不錯。開始共讀半年後，因為孩子經常聆聽音檔，久而久之，對於一些生活互動的用語也變得熟悉，隨時都會蹦出一兩句來。但前提是「大人一定要能與孩子互動」，否則小孩是不可能自己拿書來看或播放MP3的（畢竟這並不是Pokemon……）。比方說，書中利用一家人日常生活中的各式情境來教學，有用餐的情境，小朋友聽久了也會開口說" What is for dinner tonight? "（晚餐吃什麼？）。

　　同樣地，若是沒時間練習也要多播放MP3給小朋友聽，或把它當有聲書來使用。從這兩本兒童語言學習書來看就可得知，這類書籍內容大同小異，都有情境對話、句型和單字學習；差別在它們各自針對不同的年齡層、英文程度。親子英語學習書好壞不會差別太大，只要持之以恆，不斷練習和聽MP3，對提升小朋友的會話和聽力能力都很有幫助。更重要的是，爸媽一定要參與。很多人花了上萬元買精美的套裝書，卻束之高閣，還不如買一本幾百元的書，跟孩子從第一頁練習到最後一頁呢！在此我們舉個例子。同樣是小朋友早上起床的情境，在不同書籍中會有不同的說法：

Parents: It is already 7 o'clock. Time to get up!
已經七點了,該起床了!

It is time to brush your teeth and wash your face. 該刷牙和洗臉了!

Wake up! Or you will be late for school!
該起床了,否則你上學會遲到!

Time to wake up. You need to be ready now.
要起床了,你現在就要準備好!

The alarm clock is ringing. Get up now!
鬧鐘在響了,現在就起床!

　　因為同樣的情境會有很多不同的說法,每本親子英語會話書都可以嘗試,就能學到各式各樣不同的句型,之後聽到別人這樣講的時候,就不會以為別人說錯了!

　　當然,我們的四本書《孩子,英文不可怕》、《孩子,英文會話開口說》、《孩子英文單字好簡單——學習技巧篇與應用篇》更是融會貫通了許多好書後,加上我們自己親身實驗後,再進化而集大成,因此也不吝推薦給各位讀者哦!

❸ 《孩子,英文不可怕》
• **書籍特色**:親子英語共學概論
• **適合對象**:想要親子英語共學的家長

- **使用方法**：這是給所有有心於親子英語共學的家長們的第一本書。所謂親子英語共學，意指「不只是想要教孩子英文，爸媽自己更想一起學英文」，因此，這本書裡除了破除親子英語共學的十大迷思，更整理出英文聽、說、讀、寫各大面向最基礎、最精華的必學內容！

❹ 《孩子，英文會話開口說》

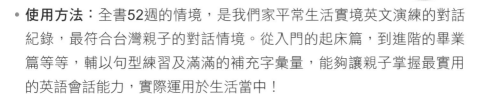

- **書籍特色**：最適合台灣人的親子英語會話實境
- **適合對象**：親子英語會話入門到進階，國中生也用得到的會話
- **使用方法**：全書52週的情境，是我們家平常生活實境英文演練的對話紀錄，最符合台灣親子的對話情境。從入門的起床篇，到進階的畢業篇等等，輔以句型練習及滿滿的補充字彙量，能夠讓親子掌握最實用的英語會話能力，實際運用於生活當中！

❺ 《孩子，英文單字好簡單》學習技巧篇與應用篇

- **書籍特色**：「20」年磨一劍的單字記憶秘訣

- **適合對象**：想要記憶單字，完勝國中小1200單字的中小學生
- **使用方法**：小學中年級以前的孩子，可請爸媽陪讀，讓爸媽跟著孩子一起學習從自然發音規則、部首學習法及情境聯想法來記憶單字；高年級以上的孩子，則可以自己讀。這本書輔以應用篇的字卡，讓孩子可以隨身攜帶，隨時加強視覺記憶；爸媽並可以運用字卡來跟孩子玩遊戲，進行小測驗，驗收單字記憶成效，同時也是有趣的親子時光哦！

Don't shovel and chew slowly.
不要狼吞虎嚥，要細嚼慢嚥

小朋友在家裏吃飯通常有兩種極端狀況，要不就慢慢地吃，一、兩個小時都還沒吃完；要不然就像餓鬼一樣，三口併一口，媽媽在旁邊看的很心急，就怕消化不良肚子痛，或是噎著了。

🎧 Track027

所以要立刻說上一句：

Don't shovel and chew slowly.

若是吃得慢吞吞的時候，爸媽則可以說：

Don't play with your dinner!
（不要玩你的晚餐食物！）

學習重點

shovel **v.**：狼吞虎嚥
這個動詞原本是用鏟子來鏟東西的意思，這邊是指吃飯很急，把食物快速的鏟進嘴巴裏，也就是吃很快的意思。

slowly **adv.**：慢慢地（當小朋友橫衝直撞時，可適當提醒）
例 Watch out！Walk slowly!
（小心，慢慢走路！）

Lesson 4

運用好工具來共同學習②——
引起孩子興趣的繪本
與故事書

Lesson 4

運用好工具來共同學習② —— 引起孩子興趣的繪本與故事書

當孩子培養出好的英文閱讀習慣後,他們將一輩子受用不盡。

在前一課中我們介紹了一些親子英文共學讀物,當然,引起孩子對英文閱讀產生興趣的方法不只一種,學會把「閱」讀變成「悅」讀,將對孩子有莫大的幫助,因此「選擇孩子有興趣的繪本與故事書」,是孩子未來可否自主學習至關重要的一步。

這段時間下來,我們家的兩個孩子,從起先只能讀ABC、極限是三行以內的句子,到半年後,已經可以輕鬆地閱讀雜誌上國三會考的模擬閱讀題目,其中「閱讀英語繪本與故事書」,絕對功不可沒!

只要能在小學階段建立起「閱讀英文書籍」的能力,孩子就可以透過不斷的閱讀來自我學習,藉此實際使用英文,並讓英文能力不斷進步。打好基礎後上了國中,由於他們已經習慣閱讀英文書籍,便會自主地去閱讀相關讀物,不會因為其他課業壓力而排擠到學習英文的時間。我們夫妻倆從共學計畫一開始,就以培養姐姐和弟弟習慣閱讀英文、喜歡閱讀英文為重要目標而努力。

這套方法能使孩子對閱讀一般英文讀物不會反感,往往只要把那些不會的單字一一查過,就可以相當輕鬆且無壓力地閱讀完全書。我們甚至買了一些有趣的讀本,像Diary of a Wimpy Kid(遜咖日記或葛瑞的囧

日記）或名著小說簡短版給他們讀。最近我們還發覺，弟弟回家後會主動拿起一本英文幽默短文集來看，看完後還很開心地與我們分享故事內容。這證明了在經過培養以後，孩子對於英文閱讀是會產生興趣的。

當然，這個過程中最困難的還是「讓小朋友培養大量閱讀的習慣」。在這電子化的時代，有各種影音媒體的誘惑，這的確是最大的障礙。因此，父母的角色就更加重要，必須幫助他們選擇適合的閱讀書籍。為了達到這個目標，就得「尋找小朋友有興趣的主題」，讓他們願意持續閱讀。持之以恆，每天閱讀，最後一定會看到滿意的效果。

👉 大量閱讀英文書籍的好處：

❶ 根據國外語言學研究指出，大量閱讀英文書籍，是最能有效且持續增進英文能力的方法。大量閱讀的過程中不但字彙量會增加，文法及寫作能力也會明顯進步。

❷ 大量閱讀書籍，養成終身習慣，父母就不用擔心小朋友上了國、高中後的英文會退步。因為他們會持續閱讀符合自己年齡且感興趣的主題，而這些文章或書籍的難度，一定比當時學校裡的英文課本高出許多。小朋友已經養成自學習慣，使用英文在無形中成為反射動作，學校英文課程進度方面也就完全不必擔心了。

❸ 英文將成為常用語言的一種,它可以幫助小朋友不斷吸收新的知識。我們發現喜歡閱讀英文書籍的小孩,會把英文看成一種工具而非學科。這有點類似「游泳」,當我們在學游泳時屬於「學習階段」,而一旦學會游泳以後,就會視它為「健身的工具」,且一輩子都不會忘記如何游泳。

兒童英文閱讀上爸媽該注意的事項

　　孩子通常不太可能一開始就有恆心、有毅力地閱讀英文,起初難免會排斥,這時候需要有父母在旁循循善誘,才能讓孩子願意學習!下面我們列出一些爸媽在閱讀時該注意的事項。

❶ 書籍選擇

　　年齡較小、但程度較好的小朋友,建議可以讀「字多一點」的繪本;年齡較小、而英文程度屬於初學者的孩子,則可以讀「字少一些」的繪本、或短篇會話;年齡較大且程度較好的的小朋友,可以讀些簡單的章節書chapter book、英文故事書、或是美國小學的教科書;至於年齡較大、英文程度屬於初學者的孩子,則讓他們讀雜誌內有趣的短篇故事或報導,並可視情況,由家長來改編文章內容給孩子讀看看。

❷ 母語（中文）底子

我們一直深信「英文寫作結構要靠學習，但內容的廣度和深度就要靠母語能力（中文）」。而張曼娟老師就曾在一場演講中提到幾個中文寫作的重點：

- **先認識自己，才能開始寫作。**因為寫作就是我們定義世界的方式，能先了解自己，才能知道自己是透過什麼樣的視角去觀察世界。

- **寫作的動作就像剪輯**，讓我們的生命去蕪存菁，剪去我們不想記住的、沒有意義的生命片段；留住永難忘懷、對我們意義深遠的瞬間。所以有時寫作也是一種療癒的過程。

- **寫作能訓練邏輯思考及敘事技巧。**幾乎每個孩子在一開始寫作文時都會寫出滿篇的流水帳，有時甚至前後順序顛倒。經訓練過的寫作，能引導孩子建立完整的邏輯思考，並知道如何陳述才能讓他人理解。這是人活在世上極為重要的生存技巧。

- **別對孩子的作文設限太多**，否則容易扼殺孩子的創造力。

- **老師（父母）的回饋很重要**，要能注意到孩子細微的進步，給予大大的鼓勵，這樣孩子就會有足夠的勇氣，堅持訓練寫作能力。

- **孩子還小的時候，可以讓他用口述作文的方式訓練**，但最終還是要讓他實際寫作，因為未來在社會上跟別人競爭、考試的時候也不能只用口述方式作答。

- **同儕間的觀摩很重要**，可以互相砥礪交流。如果可能的話，可以組成

一個英文寫作的共學團，讓孩子閱讀彼此的作文，從中找出值得學習的點，這樣就會進步很快。同儕因為年紀相仿，思考也差不多，是很好的標竿比較對象。若是跟老師或大人的作文相比，孩子就會容易有挫敗感。

❸ 睡前閱讀

在我們的親子共學經驗中，我們發現與孩子在睡前共讀、或聽一段英文短篇故事，過幾天後，孩子往往都還能記得其中內容，甚至會突然冒出一兩句書中對話（連單字學習也不例外）。反觀在白天或是晚飯前後的閱讀卻很容易被忘得一乾二淨。

這剛好與知名語言學大師Dr. Stephen Krashen提到的「最有效的學習理論」不謀而合。Dr. Stephen Krashen這麼說過：

- 最有力量的閱讀是在睡前！建議家長們不妨在孩子床邊放一盞燈，讓孩子就寢前略讀一下書籍，同時大人也是（即便從小沒有養成閱讀習慣），因為任何年紀都可養成閱讀習慣。曾有人針對25-75歲的日本人實驗得出「每天讀一小時英文書，持續3年，可以讓TOEIC從250分進步到950分（990分為滿分），效果十分顯著。」

- 讀什麼書貴在興趣，即使是漫畫書，只要孩子感到興趣，都是很好的閱讀材料，我們在初始階段可引導孩子選書，漸漸地，孩子會找到自己的興趣所在，便會自己選書。爸媽們不要畫地自限，切記「**只要能讓孩子忘了語言的隔閡，忘記那是一本英文書，那麼它就是一本好的閱讀書籍**」。

- 不要強迫孩子一次就要把一本書看完,孩子可能會這本翻翻、那本翻翻,而一旦翻到喜歡的內容,就會靠自己的興趣讀完它,這就是成功的一半。試著為孩子準備一個豐富的書庫,或帶著他學習善用圖書館資源,讓他擁有找尋自己興趣的自由與空間。不要急著先花大錢買套書,等到孩子發覺其興趣所在後,再投入資源也不遲。

4 使用5W1H,請小朋友說故事

　　爸媽們在孩子閱讀英文時,可要求他們心中要有「5W1H」的觀念。**「5W1H」意指文章中的各事實層面:What(什麼)/When(何時)/Where(何地)/Who(何人)/Why(為何)和How(如何)**。試著請孩子把這5W1H放在心中,然後要他們向大人解釋故事時,別再一字一字翻譯,而是以5W1H來回答,如果順利做到,這就代表他們確實讀懂了這段文字。很多美國小學的教科書中,針對閱讀文章方面都有類似練習,爸媽可以多注意一下。

書籍選擇	中文底子
睡前閱讀	使用 5W1H

根據孩子的程度挑選合適讀物

剛才提到的「書籍的選擇（P.078）」，應該是父母在親子共讀時最頭痛的部分，以下我們就花點篇幅來給爸媽們一些建議。

基本上我們會將孩子分為四個族群，爸媽可自行評量孩子目前所屬族群，據以挑選適合的書籍。在了解孩子現階段的程度後，我們才會接著介紹何處可取得適合各族群的閱讀材料。

❶ 族群1：學齡前，剛學英文

有的孩子才剛接觸英文不久，或學了一陣子後，因沒興趣而斷斷續續，此時父母也許會覺得「讓這樣的孩子開始學閱讀，是否過早？」但根據我們自己的經驗和分析，答案恰恰相反。因為對孩子來說，他不願學習的原因即是「找不到學習英文的樂趣」，所以父母得從「幫忙引導出學習熱情」著手。

比方說，一些小朋友感興趣，有大量圖片、簡單文字的繪本，或許就是種理想的選擇；又譬如小朋友喜歡玩捉迷藏，就可以選用內含「找找看○○○在哪裡」這類內容的繪本故事書；另外，「小女生通常喜歡公主」，因此爸媽便可以挑一本有公主角色的繪本。其實繪本的選擇沒有一定標準，能讓孩子感興趣才最重要。

當然我們也可以幫孩子從一些工具書或雜誌中，挑選出簡單的生活日常對話短文，因為這樣的閱讀沒有太大壓力，又可實際拿來使用。多和孩子互動幾次後，他們就會逐漸熟悉這樣的語言架構，接受度也會越

來越高，慢慢地便可逐步增加其對話的長度了。

　　我家孩子在一開始親子共學時，認識的英文單字也很少。從幼兒園就開始補英文的他們，甚至無法清楚分辨大小寫，所以我們就帶著他們先看有遊戲成分的繪本，例如「找找看」之類的繪本，然後再選擇一些內容很簡單的對話，像「How are you?」，「I am fine.」等等。一旦信心建立起來，就很容易進到下一級別了。

❷ 族群2：學齡前，程度不錯

　　有的小朋友英文學習起步早，語感也不錯，所以在六、七歲時，已累積一些基本的字彙量，但還是要記得，他們終究只是「小孩子」，仍處於非常好玩、注意力無法集中的階段，千萬別覺得他們學得不錯，就馬上提供過於艱深的題材，這樣容易扼殺學習的樂趣，揠苗助長。

　　同樣地，找到孩子有興趣的主題之後，也別選擇內容過於簡單的書，我們建議選用的繪本書籍，最好要搭配適量的文字，因為他們既然已經具備了相當程度，就毋須執著於有些不斷重複句子、沒什麼句型變化的繪本，否則孩子也容易覺得無聊。爸媽可找些有趣的故事，在假日午後悠閒的時光，或者晚上睡前，和他們一起閱讀，進入故事中的迷人世界，閱讀習慣也就在不知不覺中養成了。

❸ 族群3：國小孩童，程度一般

　　有很多孩子自幼兒園到小學，已經學了好幾年的英文，但始終抓不到學習英文的感覺。主要原因無他，就是「還找不到學習英文的熱情」。

父母有時會利用一些題材不難的繪本，想測試看看能否幫孩子重拾熱情——大錯特錯了！試想，現代社會資訊氾濫，有各種娛樂工具、網路及手機遊戲等誘惑著孩子，光是要孩子看中文的繪本，可能都提不起勁了（心裏還會覺得幼稚），遑論是「英文」的繪本，不但語言上會有挫折感，連內容也無法引起他們興趣，對小朋友真是個大折磨。

　　以我們家小四才開始學英文的姐姐為例。起先，我們嘗試讓她閱讀一些名家推薦的英文繪本，結果她表現得毫無興趣，還覺得很無聊。原因不難理解，就拿他們國語課本所學的內容（小五已開始學余光中的新詩了）和一些電視電影中眼花繚亂的題材（如瑯琊榜）相比，國文課就已經夠乏味了，更不用說英文，孩子對英文繪本不感興趣，其實一點也不令人意外。

　　孩子還有一種情況，爸媽以為孩子對於中文翻譯的故事很感興趣，就去買原文書籍要給孩子看，例如：迪士尼故事；但是，往往孩子因為已經熟悉故事內容，反而會缺乏動機去讀英文原文書籍。或是，有些書籍會以中英文陳列，多半孩子看完前面的中文部分，就不會再去看英文了！因此，選擇繪本或讀本時，盡量以孩子未知的故事內容優先選擇，爸媽才不會在引導孩子閱讀這件事情上產生挫折感！英文程度趕不上邏輯性與理解力的發展是事實，身為爸媽的我們該怎麼辦呢？

　　我們後來慢慢調整方法，挑選一些雜誌的短篇閱讀文章；難度越低越好，前提是孩子一定要有興趣。姊姊喜歡煮東西、吃甜點，所以我們就選擇甜點食譜和介紹馬卡龍巧克力的相關短篇文章，並把單字的變化先做底線標示。結果終於成功了，姊姊讀得非常開心，還會跟著短文所說的步驟來試做甜點呢！

只要產生興趣了，效果就會非常驚人。別小看這些短文，該有的文法知識或是單字都有了，孩子又能第一次真正感受到「英文是『拿來用的』」，之後閱讀量就開始大量增加。所以，並不是專家說讀繪本，你就非得逼你的孩子讀繪本。如果他真的不感興趣，別多想，快換一個題材吧！

④ 族群4：小一到小六，程度不錯

當小朋友的英文已有了基礎後，父母絕對不能浪費這樣的天賦和機會，要把握他們在小學時課業壓力還沒有這麼大的階段，設法導引他們大量閱讀英文。我們可以選擇英語系國家的學習教材，特別是美國小學生用的教科書，並從裡面找出有趣的文章，因為那些都是同年齡小朋友感興趣的題材。另外，一些英文漫畫、有趣的長篇故事書和散文集都是不錯的選擇。

我們家姐弟在英文程度快速提升後，我們為他們挑了幾本有趣的、大約國中英文程度的短篇幽默散文，他們就看得津津有味。當然我們也選擇了美國教科書中一些不錯的題材，以及一些英文學習雜誌中難度較高的故事等，就是希望讓他們透過這樣多元的資訊來源，在小學畢業即能自在的閱讀。

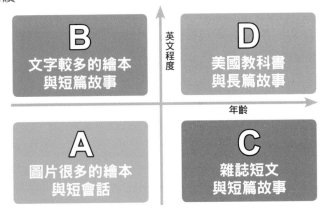

哪裡可以找到合適的閱讀材料？

　　從學齡前的繪本，到小學階段的繪本書籍，再到中學生的小說型態書本，市面上的產品可以說是琳瑯滿目。不過我們猜想，多數的家長可能會在業務員或廣告的洗腦下，一口氣買了一整套書，回家後和孩子讀了兩本後，就讓這套書變成裝潢的一部分了……別笑！我們也是過來人呀，像這樣的事情我們也做過呢！因此才會想在此和大家分享「如何將預算花在刀口上？」，讓投入在孩子英語教育的每分錢，都能達到最大效益。

　　我們建議為孩子選擇書籍時，最好先找出孩子的興趣，再配合中文教學的主題。例如，幼兒園在教導顏色區分，那麼我們選擇繪本時，就可以採用與顏色有關的題材。網路上有許多繪本專家，父母可以從這些繪本專家的部落格中先了解有哪些繪本、該繪本所要傳達的意涵為何，以及如何教孩子讀這本繪本等等訊息。

❶ 參考知名的繪本專家的建議

廖彩杏

- 部落格「廖彩杏英文童書悅讀記」：
  http://keithsu952140.pixnet.net/blog

- 廖老師本來是英語老師，後來為了照顧小孩成為全職媽媽，她有一對雙胞胎兒女，他們從小就播放繪本的CD給孩子聽，廖老師認為幼兒是透過耳朵來學習的，最有名的著作就是《用有聲書輕鬆聽出英語力》。這樣的做法，長期下來，可以無形中提高孩子的英語能力。所

以孩子在小四時就可以閱讀英文版的哈利波特第五集，小六時去考多益（模擬考）也考到985分的高分。廖老師亦開班教授繪本閱讀。

- 廖老師的方法對很多忙碌的家長簡直就是一大福音。她列出52週、100本書籍清單，家長甚至不必陪讀，只要準備有聲書、按下播放鍵、畫個小勾勾，每天按表操課（一天播三次，每次10～30分鐘），不學文法、不背單字、不學音標、不考試，就能讓孩子自然而然愛上英文。不過如果只按照廖老師開的書單，家裡恐怕需要有一定的經濟支持，還要有很大的空間，才能放這麼多書。隨著廖老師一對雙胞胎子女年紀增長，她目前的書單也已經進入青少年的長篇小説類型了。

- 當然也有人持不同看法。以播放CD當背景音樂的訓練方法來説，有些家長試了幾次，發現孩子變得只對機器聲音有回應；也有人認為廖老師小孩的英文能力如此優秀，也不僅僅是看英文繪本故事書的緣故，因為廖老師其實有另外請家教來幫孩子做補充教學。

- 總而言之，如果家長沒時間跟孩子共讀，也許可以試試廖老師的教法。每一種教法都是有其意義的，凡走過必留下痕跡，其間的差別只在於這樣的方法是否有效率（金錢與實質效果比）而已。

吳敏蘭

- 最有名的著作是《繪本123，用五感玩出寶寶的英語好感度》

- 跟廖彩杏老師不同的是，吳敏蘭本身所學即為雙語教學，也是幼兒園園長及凱斯英語補習班的創辦人，她認為學英文要具全面性，不能只從聽力開始，更要透過活動來讓孩子喜歡英文。所以吳敏蘭老師強調親子共讀，父母不能只是把繪本丟給孩子，而是得每天花20分鐘一起

閱讀，並且設計一些小遊戲，讓孩子對於繪本內容的印象更加深刻。

- 由於強調父母孩子要共讀，同時考量到有些父母可能認為自己的英文不夠好（事實上的確有很多父母有這種焦慮），吳敏蘭老師便提出，父母的發音是否純正並非重點，即便說故事給孩子聽的時候講錯了，未來孩子還是有機會聽到正確的發音及文法，他們會自己自動調整過來，不必太過擔心。這點我們非常認同，孩子要學的是父母對於學習英文的態度，並不是發音是否像美國人。更何況，他們將來面對的溝通對象可能是腔調不同的印度人、日本人、新加坡人等等，所以提早練習接受不同腔調的英文也無妨。

- 吳敏蘭老師在這本書中一共推薦了90本繪本，如果全部購買下來，也是所費不貲啊！我們自己試用後的感想是：這些書比較適合小小孩（年齡6歲以下）。如果孩子已經是小學生，可能就會覺得很無聊、不感興趣。

汪培珽

- 汪老師的部落格: http://wangpeiting.pixnet.net

- 汪培珽老師原本是位金融業的職業婦女（葳姐曾有幸與她任職於同一家公司呢！但只是擦身而過，她離開時葳姐還沒加入），後來辭職回家當全職媽媽，也開始記錄她與孩子的故事。最有名的著作就是《餵故事書長大的孩子》，這本書據說在華人圈銷量六十萬冊！之後汪培珽老師又出了一本書《培養孩子的英文耳朵》，同樣也印了65刷。

- 汪老師的著作主要講述親子教養，英文只是其中一部分，但也深獲好評。她的理念跟我們是一樣的：父母有沒有錢、有沒有閒、英文好不

好都不重要，重點是在「有沒有心」。只要你有心，孩子的英文就可以在積少成多的狀況下進步。我們這一代為了考試，K了多少英文，考了很多高分、出國喝過不少洋墨水，但又如何？如果不敢開口、不敢把英文當成溝通的工具，一切都是枉然。所以培養孩子重要的不是他的英文成績有多好，而是他到底敢不敢開口、願不願意去找英文相關的資料。

• 汪老師是主張父母要讀給孩子聽，每天持之以恆。先一遍英文，一遍中文，接下來就只唸英文，如此一來孩子自然而然就會透過故事喜歡上英文了。甚至他們也不需要先學ABC，聽著、聽著也自然就能學會基本的句子了。

• 這本《培養孩子的英文耳朵》一書中的書單還是比較偏向學齡前兒童。後續汪老師也有一系列不同階段孩子的書單，有興趣者可以到汪老師的部落格尋找。

小熊媽

• 小熊媽的部落格: http://constancec1.pixnet.net/blog

• 小熊媽的背景跟汪培珽很像，都不是英文老師出身，但她們對於英文學習及教育的心得，主要都來自於自己的孩子。所以小熊媽除了談兒童英文學習，也會談到親子教養的種種議題。

• 最有名的書是《小熊媽的經典英語繪本101+》。這本書主要對象為對自己英文沒信心的父母。小熊媽把每本繪本的YouTube影音檔找出來，父母可以跟孩子一起觀看影片，或自己先看完影片，再唸給孩子聽。

- 關於發音，小熊媽也鼓勵父母開口。她説過：「語言要敢用，而不怕發音不標準。我在美國遇到許多優秀的移民人士，如印度、新加坡人，他們的英語發音也未必字正腔圓，但是他們敢講、有自信講、肚子懂很多東西。」這和葳姐的理念一樣，父母要能先以身作則，先「敢講」，孩子才會模仿父母，勇於開口説英文。

　　除了這些知名的繪本專家，網路上也有許多媽媽們自己寫部落格記錄與孩子共讀繪本的經驗，有些甚至到後來還開班講繪本故事，或集合眾人團購繪本呢！大家有興趣的話都可以上網詢問Google大師，輸入關鍵字：「英文繪本」就可以得到不少結果囉！

　　目前提供英文閱讀書籍的出版社，國內外加起來也有數十家。爸媽不需先設限，多帶小朋友去書局、圖書館，或是二手書店走走，用我們建議的四分法來帶領孩子找到適合的書籍，孩子若是有興趣就多選擇些，若是沒興趣就再幫忙換一些新的題材。

　　此外，有些繪本書商也有提供繪本租借服務，只要在google輸入「英文繪本租借」，就會跑出許多書商名字，各家租借費用與辦法亦不同。由於市場規模的萎縮，也常有書商繪本租借做不下去……例如：之前書酷曾經有一陣子提供繪本租借，後來停止該項服務。

　　當然，最便宜的方式還是多利用圖書館資源。例如：台北市立圖書館，據説是台灣最大的繪本收藏圖書館，對於外縣市的民眾來説，可以透過書香宅急便服務也可以享受到哦！一次可以借五本，每次宅配費用$95（費率每年按廠商公告而異），每次可借30天並續借2次，請多多利用哦！記住，最重要的就是找出有興趣的題材，持之以恆！

特別分享

不妨也參考一下
英文老師的觀點！

★（台北市天母國小）沈佳慧老師
Cindy 魔法 ABC 教室：
http://cindy422.pixnet.net/blog

　　Cindy老師的這個部落格有許多教學資源，也可以看出老師對於教學的熱忱與用心。除了教科書，Cindy老師也選用了美國小學的eBook 補充教材Raz-Kids。此外，老師也推薦了一個上面有100本線上有聲書繪本的網站給大家。

★（高雄阿蓮國小）方雅玟老師部落格：
http://class.kh.edu.tw/1283/page/view/2

　　方老師的網站除了英語繪本影音檔，還有許多豐富的教學資源，例如單字達人、英文歌曲等等。

★（高雄後勁國中）李貞慧老師的部落格：
http://jhlee0203.pixnet.net/blog
李老師最有名的著作是：《用英文繪本提升孩

子的人文素養》，其中挑選了 29 本國外英文繪本，並附有發音教學。李老師經常接受邀請演講，她的部落格多為演講紀錄，近來轉向 FB 耕耘，也可以搜尋她的 FB 粉絲頁哦！

★（新北市北大高中）戴逸群老師：

　　戴老師是三峽北大高中的英文老師，最有名的著作是《繪本英閱會》，他的英文翻轉教育讓很多孩子愛上英文，更難得的是，他帶領的是高中生，是一群已經極有主見，不太能被擺布的青少年，但老師透過生動的課程活動設計，將許多英文繪本／讀本成功地推廣。

　　戴老師的書單比較偏中高級英文程度的孩子，繪本與讀本的界線也比較模糊，有些甚至已經是小說了。如果前面幾位專家達人推薦的繪本無法引起孩子的興趣，也可以試試看戴老師的書單哦！

運用好工具來共同學習③——
用雜誌讓孩子習慣
每日學習

Lesson 5

運用好工具來共同學習③──用雜誌讓孩子習慣每日學習

　　除了繪本、故事書以外，選擇一、兩本英語教學雜誌與孩子一起學習，也是很有效的方法。由於是初階的英語雜誌，通常對話及文章都不會太難，題材也大致合乎孩子胃口，特別是一些童話故事改編的短文。

　　一本雜誌以小孩的程度來說，初期通常需要1～2個月以上才有辦法讓他們全部消化。有些文章可以由爸媽帶著小朋友一起閱讀，並藉由多聽雜誌附上的MP3來增加聆聽對話及字彙的能力；有些文章還可以請小朋友試著翻譯。

　　而選擇文章的時候，一定得設法挑選小孩有興趣的。根據我們自己的經驗，像改編過的童話故事、好吃的食物介紹，或是遊戲玩具的介紹……等等都是小朋友會感興趣的主題，使用這些文章來讓小朋友試著練習閱讀及翻譯再好不過了，因為他們會發覺：「原來英文是一個工具，在學習英文後，就可以自己去認識一些有趣的新事物。」

為何英語雜誌是合適的英文讀物？

　　使用雜誌的好處是「能讓英語學習與時俱進」，除此之外，讓孩子透過雜誌內容學習，爸媽也比較不會像補習班或線上課程那樣有被「綁約」的壓力。且在不確定孩子是否有興趣的學習階段，使用雜誌能夠幫

助父母方便替換，若是孩子不喜歡這類題材，換一本就好，相對較低的成本是父母值得考量的因素之一。

英語本來就是人與人間溝通的工具，隨著時代演進，英語也會隨之演化。就好像以中文來說，從前的人說：「之乎者也」，現代人說：「好潮、好夯」等等，這即是語言的演化，英文亦然。讀莎士比亞的小說固然能增加英文能力，但如此的教學方式就好像外國人藉由讀論語來學中文一樣，比較難以學到當代的語言用法。雜誌恰恰好可以彌補這些不足，且通常能跟上趨勢，如寶可夢遊戲（Pokemon Go）剛開放時造成一陣風潮，當期就有好幾本雜誌編寫關於Pokemon Go的各種文章及英文用法，換作一般故事書，可能就沒那麼快可以出版。

爸媽要如何善用英文學習雜誌呢？

以下數點是我們整理出來、覺得在選購英語雜誌時必須注意的事情。

① 興趣是選擇雜誌的最高方針

這是我們一再強調的重點：「要有興趣」，所以雜誌要盡量挑選小朋友感興趣的內容或是題材才有意義。

② 不一定要讀完整本

千萬不要為了發揮每一分錢的效益，就強迫孩子一定要讀完整本雜誌的內容。如果孩子只對其中一篇文章有興趣，那他能好好讀完該篇也

就很不錯了。但記得不要急著回收雜誌，因為孩子的興趣日新月異，哪天他可能又會對雜誌中的另一篇文章感到興趣，誰知道呢？！

❸ 先試閱再訂閱的重要性

先去圖書館試閱一期，或者先買一本，覺得不錯後再考慮要不要訂閱。有些雜誌會在特定時間點舉行大折扣，價格非常優惠，也不妨考慮在那時訂閱即可。

❹ 交互使用不同雜誌

精選雜誌不表示一定只能讀一本雜誌，爸媽可以考慮交互使用兩本雜誌，讓孩子熟悉不同的發音和不同的文章風格。

❺ 善加利用雜誌所提供的MP3

每天睡覺前或是早餐時，都可以放MP3給孩子聽。我們的經驗是：「早餐聽大家說英語或A+English、晚餐聽A+English或LiveABC、睡覺前兩者輪流聽」，實驗一整個月下來，孩子就算不想記、沒刻意記，也會在不經意中記住好幾個單字與句子。

❻ 先聽再看的學習順序

可以先讓小朋友聽一遍MP3，接著再看文章內容，等到文章熟悉後再多聽幾遍。通常第一次聽MP3時，孩子會不知道老師在說些什麼，等到看了文章後，他們便會自己把「聽到」跟「看到」的內容聯想起來，如此便非常有助於聽力的進步。

❼ 讓小朋友自己選有興趣的文章題材

因為「興趣」是學習意願的關鍵，所以可以適度地給孩子一些自主權。我們的做法是讓小朋友自己挑文章。他們可以參考雜誌上的單字解説或是查字典，但要能在沒有中文翻譯的情況下來理解文章、建立語感。

❽ 收看相關節目

若該雜誌有製作相關電視節目，我們都會和孩子在吃過飯後一起觀看，例如：《大家説英語》與《A+English》在MOD或YouTube頻道都可免費觀賞，如果家裡沒有MOD，直接上該雜誌的網站點擊連結觀賞亦可。

❾ 準備空白字卡

孩子在聆聽或閱讀雜誌文章時，如果遇到不會的單字，我們會請他們準備一本字卡，把這些字通通寫下來，平常沒事就可多翻字卡，翻久了，字也就認得了。

❿ 別忘了特刊

雜誌若有出版特刊，且小朋友對特刊題材有興趣，我們也會購買。例如：空中美語曾經出版過一本特刊《幸福好味道》，全部都是美食文章，我家姊姊就很喜歡，從第一篇讀到最後一篇，讀得津津有味呢！

最詳盡的親子共學雜誌介紹、比較與心得

坊間英文教學雜誌百百種，從英語教學雜誌與節目的始祖——彭蒙惠老師於1962年創辦的空中英語教室集團，到空中美語集團、常春藤集團，LiveABC集團……等，多年來已經發展出各種品牌，且每家都有各自適合初、中、高階程度的雜誌，在這麼多琳瑯滿目的雜誌中，身為爸媽的我們，究竟該如何選擇？

我們建議爸媽可以考慮自己與孩子的英文程度及興趣所在進行篩選，以我們的經驗為例，由於剛開始親子英語共學時，兩個小學的孩子英文程度還在紮馬步階段，所以我們家都是選用初級雜誌如：《大家說英語 Let's talk in English》、《A+ English空中美語》、《常春藤生活英語》、《LiveABC互動英語》及《佳音英語世界雜誌》。我們根據這幾本雜誌的使用經驗，從中幫爸媽們整理出五本適合小朋友與爸媽共學、共讀的雜誌。

1 空中英語教室教育集團（studio classroom）：

此為目前最資深的英語雜誌社，由出生於美國西雅圖的彭蒙惠老師（Doris M. Brougham）創辦。

★初級：大家說英語（Let's talk in English）
★中級：空中英語教室（Studio Classroom）
★高級：彭蒙惠英語（Advanced）

《大家說英語 Let' s talk in English》實測心得：

★是大家耳熟能詳的雜誌，小朋友也很喜歡外師無厘頭的表演方式。

★雜誌內容偏向以簡單的會話（conversation）為主。

★因為老師說話的速度有故意放慢，所以孩子若都聽懂以後，建議要趕快換到難度更高的雜誌，才不會讓孩子以為外國人講話都很慢。

★結合音樂歌曲，每個月同一首歌天天播，孩子聽到月底都會跟著唱，並且愛上歌曲的單元。

★雖然雜誌社自己說過：「本雜誌適合程度較高的英語初學者，需有600字的字彙量」，但經實測結果發現只要26個字母都懂，就可以開始嘗試。

★每期都有不同難易度的文章，分成初級、中級與高級，方便讓父母作為選讀參考。

★新北市圖電子圖書資源有一個空中英語教室影音典藏學習系統，有各期影音教學節目的影片，每支影片除了有英文字幕，還有會出現在不同考試的單字，並且還有聽力填空。使用方法請參考葳姐親子英語臉書貼文：

https://www.facebook.com/pinlearningeng/videos/823492967804973/?t=1

★有app可以隨時聽廣播教學節目，app名稱：大家聽廣播學英語。

2 空中美語集團（AMC）：

　　由胥宏達先生於1979年創辦，當時先有程度最難的「實用空中美語」，到了1998年，接續推出中級程度的「活用空中美語」，隔一年（1999年）才推出最初級的「初學空中美語 (現在改名A+ English)」。

★初級：A+ English空中美語
★中級：4U 活用空中美語
★高級：ED 實用空中美語

 實測心得：

★每期封面都有特別的設計，因此非常吸引小孩目光。

★內容多樣化，題材受孩子歡迎。

★有特別註明適合對象是「字彙量500～2000字，程度約GEPT全民英檢初級、TOEIC 225分」。

★內容包含文章與會話，還有根據世界文學、童話故事改編的短篇小文。

★課文朗誦與講解MP3都直接放在網路上供網路會員免費存取，方便爸媽直接下載到手機上，隨時播放給孩子聽。

★內有固定專欄漫畫（Meet the Wangs），幽默有趣，孩子很喜歡。

★每期都有不同難易度的文章，分成初級、中級與高級，方便父母作為選讀參考。

★每月也都會將節目影片放在YouTube上，超級慷慨大方地供人觀賞：https://www.youtube.com/channel/UCET2og4Rh2whMatN1zGVRXQ，雖然這只是本英語學習雜誌，但是它經營的YouTube頻道資源非常豐富。

3 常春藤英語集團

1988年由賴世雄老師創辦，一開始的雜誌是較困難的「常春藤解析英語」，到1993年又創辦初、中級的「普及美語」（現改名為常春藤生活英語）。

★中級：常春藤生活英語
★高級：常春藤解析英語

 《常春藤生活英語》實測心得：

★內容較以考試為導向。

★目標讀者定位是國中生，因此內容偏向青少年喜好為主。

★難度是這五本當中最難的一本。

★雜誌的文章難易度分類分成五等級，因此涵蓋的難易度更廣，同一本雜誌，大人、小孩皆可擇其所愛。例如職場英文單元，就很適合爸媽再進修。

★以短文居多，若要訓練孩子大量閱讀時就可善用本雜誌，但又因取材針對青少年，所以也要考慮年紀較小的孩子會不會有「看不懂」或「不感興趣」的問題。

★有最新流行歌曲介紹，能透過歌曲認識美國文化。

★課文朗誦與廣播教學會放在網站上，供讀者免費收聽，但可惜的是不能下載。

LiveABC（希伯來集團）：

　　由鄭俊祺先生所創辦，特色是有一支點讀筆，可以讓孩子一邊看雜誌一邊聽發音。目前集團下的雜誌種類也是最多、最廣的。除了一般的初、中、高級英語雜誌，還有特別針對商務人士與喜歡特定內容，如CNN新聞與Discovery團隊所編纂的「Biz互動英語」、「CNN互動英語」及「Discovery互動英語」。

★初級：ABC互動英語
★中級：Live互動英語
★中高級：ALL+互動英語
★中高級：Biz 互動英語
★高級：CNN互動英語
★高級：Discovery 互動英語

 《LiveABC互動英語》實測心得：

★雜誌內容豐富有趣，印刷精美。

★結合了卡通影片（史吉普的世界），可看出影音製作的用心。

★課文朗誦有兩種版本，可以選擇正常速或慢速，使用起來方便。

★內容分成三級，以星星為標示，一顆星最簡單，三顆星最難。
　其中的「每日一句」單元很像A+English的小句匯。雜誌每月
　都有不同主題，列出各個常見、常用的句子，如果可以的話，
　一天背一句，對於口語及寫作能力會很有幫助。

★點讀筆是一大特色，隨點隨聽非常方便，但是若少了點讀筆，
　就會失色許多，而讀者又必須訂閱雜誌才能取得點讀筆購買優
　惠價。

佳音英語世界雜誌：

佳音英語是以補習班為主的教育集團，雜誌只是集團內的教材之一，所以並沒有被廣泛地宣傳。雜誌內容是以該兒童英語補習班的孩子們為主要目標讀者，所以內容傾向簡單，圖比文字還多，幾乎是「繪本」等級，而且中文字都還有附上注音，只要孩子懂注音，就一定看得懂！

 實測心得：

★可免費索取一期過期雜誌試閱。詳情請見網站：http://jo.joy.com.tw/action/magazine/Action_JoytotheWorld.php

★特點是所有的中文字都標有注音，就算爸媽不在身邊，孩子自己也能看得懂。（前提是孩子要有很大的意願、動機自己閱讀）然而中文、注音的解說，到底會是一種幫助，抑或成為孩子過分依賴的學習阻礙，就見仁見智了。

★內容設計貼近孩子，有許多遊戲，例如：走迷宮、拼圖、找找看……等等。

★圖片量多，很像繪本，使用時爸媽可能會覺得無聊而想叫孩子自己看，但對孩子而言幾乎是不可能的事，所以還是要有爸媽陪讀比較好。

　　從程度上來看，若小朋友的英文程度在初級，可以先看《佳音英語世界》，或是《大家說英語》。程度中等的小朋友可以試試《ABC互動英語》及《A+English》，若是程度較高的小朋友，則可以挑戰看看《常春藤生活英語》。程度的認定沒有絕對，若是覺得內容太過容易，則選擇雜誌中比較難的文章，或是換一本進階版雜誌就好。

　　下表是這五本雜誌的比較與摘要整理。家長們可以根據自己的需求，依下表進行評分後，再決定要使用哪一本。無論如何，每一本雜誌都有它的特色，重要的是選定了一本雜誌後就要每天看、每天聽，就算聽不懂、看不懂也要努力堅持下去，這樣才會看到成果，絕不能一曝十寒！

★ 共學雜誌實測總評比

	來源	圖書館	適用對象	聽	說	讀	寫	葳姐總評
大家說英語	網路訂閱／書店	北市圖電子書庫	全民英檢初級	★★★★★	★★★★	★★★	★★	最廣為人知的老牌英語學習雜誌，以會話為主，且教學節目是中文解說最少的，強迫訓練之下英文聽力會進步得很快
A+ English	網路訂閱／書店	北市圖電子書庫	全民英檢初級	★★★★	★★★	★★★★	★★★	最慷慨分享的雜誌，不僅可以網路下載 MP3，還可以在 YouTube 頻道觀看教學節目，題材多元化，看得出來美編有針對孩子做設計，老師教學輕鬆活潑，深得孩子喜愛，能讓孩子有興趣持續觀看節目
常春藤生活英語	網路訂閱／書店	北市圖電子書庫	全民英檢初、中級	★★★★	★★★	★★★	★★	以國中學測為目的，因此鎖定族群為國中生以上，文章內容針對青少年以上，多為短文，著重文法，文法難度較其他四者難，設定字彙量約到全民英檢中級程度，較適合國小高年級以上的孩子
ABC 互動英語	網路訂閱／書店	北市圖電子書庫	全民英檢初級	★★★★★	★★★★	★★★★	★★★	最科技化的雜誌，有點讀筆可以隨點隨聽，非常方便，內容題材豐富，大人、小孩的需求都兼顧到了！但是點讀筆不便宜……非訂戶價格較高
佳音英語世界	網路訂閱／書店	北市圖電子書庫	初級英語程度的小朋友	★★★★	★★★★	★★★★	★★★	連中文解釋都標有注音，本雜誌很明顯是針對小朋友設計，內容包含大量的圖片與遊戲，非常像繪本，只是大人讀起來可能會覺得有些無聊

＊價格會因出版社或書店活動而浮動，故不列出。

Lesson

6

運用好工具來共同學習④──
好的英文字典是
閱讀 DIY 成功的一半

Lesson 6 運用好工具來共同學習④——好的英文字典是閱讀 DIY 成功的一半

　　字典是學習新語言時不可或缺的工具之一。我們可以觀察孩子的英文學習狀況和程度，來決定是否要讓孩子使用字典。比方說，在學習剛起步階段，孩子閱讀的是兒童英文學習書或兒童英文雜誌，這類書中都已經把單字整理的很清楚、齊全，自然不需要用到字典。

　　但是，當孩子進步到一定程度後，為了讓他們更上一層樓，並使他們英文學習的「聽說讀寫」能力均衡，就必須增進閱讀和簡單的寫作練習，這種時候，是字典出馬相助的時機了。

選擇「單純」的字典

　　由於給孩子閱讀的教材不會太難，而寫作就更簡單了，所以字典的選擇，盡量以「越單純越好」為原則。

　　什麼是「單純」的字典？所謂「單純」，並不是指字典的字數少，而是指「單字的解釋要單純」，以主要、常用、常見的意思就好，不需要列出所有大大小小的各種意思。

　　這是我們從經驗中體會到的結論。一開始讓孩子閱讀時，我們選擇了一本所謂的兒童字典，結果發現該字典的字彙量有限，故事程度若稍難

一點，就查不到裡面的單字了。於是我們便改用之前求學時所用的「大」字典，以為這麼做就萬無一失，沒想到孩子的挫折感反而更重了，原因就是這本字典內容實在太豐富，豐富到無論是常用解釋或冷門解釋，全都被鉅細靡遺地列舉上去，這種「為了大人方便」的設計，卻讓孩子無所適從，不知道在哪個時機得用哪個解釋、哪個單字才正確。在這個經驗以後，我們才開始提倡要選擇「單純的字典」，也就是「字彙量多，但解釋精簡的字典」。

比方說，「Have you finished your homework?（你已經做完功課了嗎？）光是finish這個單字，有些字典甚至有二、三十種解釋。反觀寫給孩子的文章大都傾向簡單化，所用的單字必然為常用字彙，所以只要一本字典能具備下列元素：

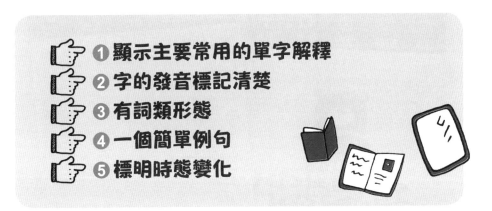

❶ 顯示主要常用的單字解釋
❷ 字的發音標記清楚
❸ 有詞類形態
❹ 一個簡單例句
❺ 標明時態變化

如此，其實就綽綽有餘了，爸媽真的不要太貪心。

至於要用電子字典還是紙本字典？這端視爸媽自己的想法。因為紙本字典如果要收納足夠的字彙量，勢必會相當沉重，不是孩子可以輕

鬆翻閱的；而電子字典的好處在於可以要求孩子自己輸入英文字母來查詢，練習其對字母的辨識能力，但壞處就是它仍屬於電子產品，不能一次使用太久，否則長期將對眼睛造成傷害，爸媽們必須要控制好使用的時間。

❶ 有關網路、電子字典的建議

網路字典是個不錯的選擇，例如DumaSense，我們和孩子共學時就覺得它非常適合。DumaSense字體大，單字解釋不多，更重要的是它只選取主要的意義，不會造成小朋友困惑。建議大家讓孩子試著使用這樣程度的字典即可。記住，孩子使用的字典，解釋越簡單越好，解釋越多越複雜反而不適合。

❷ 有關紙本字典的建議

　　若對電子產品有疑慮，可以選擇單字量在2000字左右的字典就很足夠了，而每個單字大概三個到五個解釋就是極限了。因為對孩子來說，字典是閱讀簡短文章時拿來查單字的工具，解釋得太多，就得花費更多時間理解，反而更麻煩，孩子久了以後就不願意去使用了。

　　另外也建議選擇字體大一點的字典，才不會傷害視力。最好還能搭配一些圖片，增加孩子圖文記憶的效果，或者搭配MP3就更好不過了。我們的做法是在睡覺時播放單字的MP3，一開始這種做法很像搖籃曲，孩子鴨子聽雷，一下子就入睡，但神奇的是在三～五個月的學習後，兩個孩子竟然可以撐上二、三十分鐘，甚至有時還會跟著一起唸，很不可思議。

單字字卡學習法

　　這是我們從查字典延伸出來的學習生詞方法。

　　如果遇到需查字典的情況，我們會要求孩子「將要查詢的單字另外抄在字卡上」。爸媽可以和孩子一起準備單字卡。這些空白的單字卡可以在書局或文具店買到，通常都有大約一百頁的厚度。

如果家中小孩有兩個以上，爸媽可以個別幫他們準備幾本字卡，接著就開始進行蒐集單字比賽囉！爸媽可以訂定一段時間範圍，比方說一週或是一個月內，讓孩子們在此期間內，將閱讀或學習英文時看到的生字抄寫到字卡上（正面寫英文單字，背面寫中文解釋），並於最後比較誰蒐集的單字多，獲勝者能得到一個小獎勵、吃個冰，或是可以多玩十分鐘、二十分鐘的iPad遊戲等；若家中只有一個孩子，也可以改為集滿了一本字卡後，兌換一個小獎品的方式做為獎賞，類似於便利商店的集點遊戲。

　　這遊戲開始在我們家施行以後，孩子們的學習獲得非常卓越的成效，千萬不要小看這個簡單的方法，因為孩子們通常都有競爭心理，也喜歡有趣的比賽，只要認真去做，就會看到成效。當然，父母要在旁邊適時提醒：「單字的蒐集不能重複，否則要扣分」，且記錄在字卡上的單字不能是已經學會的（這點只能自由心證，但我們相信小朋友的誠實善良，爸媽倒是不用太過計較）。

　　目前我家的孩子們已在不知不覺中累積十幾本字卡了，算下來至少就有一千多個單字，若是再將這些單字的相關延伸字彙加入，就有兩、三千個字以上的字彙量。我們相信小朋友透過閱讀留下印象，並親手書寫到字卡上，會更加深他們對單字的記憶。我們也鼓勵小朋友有事沒事就拿出字卡來翻一翻，千萬不要死背，瀏覽過去留下印象就好，甚至還特別安排了有趣的字卡遊戲幫助他們提升瀏覽字卡的興趣！

　　以下是我們設計的小遊戲「你說我猜」，爸媽們不妨也在家中和孩子玩看看吧！

特別分享

字卡延伸遊戲：你說我猜

這個遊戲分成兩個版本，英文不好的爸媽可以玩中文版，而英文不錯的爸媽則可以試著玩英文版。

中文版

玩法：爸媽用小朋友寫的字卡出題，以中文來解釋該單字，但不能講到其英文單字的中文翻譯。

範例：Table（桌子）這個字，爸媽可以用中文說：「這是個可以放東西在上面的傢俱，有四隻腳……」

英文版

玩法：與中文大致相同，只是改成以英文來解釋出題的單字。但爸媽在解釋上需要更多的技巧，必須和孩子提醒一些關鍵字，這樣會比較好猜，像是：Part of speech（詞性）的Noun（名詞），Verb（動詞），Adjective（形容詞），Adverb（副詞）和字的屬性Similar to / the same as（相似於……），opposite to（相反的）等等。

至於遊戲的獎品，其實簡單就好，像我們便準備孩子愛吃的蝦味先，誰先答對誰就可以吃一根蝦味先。對小朋友來說，遊戲好玩最重要！

運用好工具來共同學習⑤——

網路時代最好用的
英語教學網站

Lesson 7

運用好工具來共同學習⑤——網路時代最好用的英語教學網站

　　親子共學一定要花大錢？其實在現今資訊流通的社會，網路上就有著各式各樣的英語教學資源，好好利用的話，甚至可以為孩子省下一大筆補習費呢！同時也可以藉此機會，從小培養孩子正確使用網路來學習的習慣（而不是只拿來玩電腦遊戲）。當然我們還是得要注意，因為網路上的教學資源實在太多了，所以使用上不能遠離了初衷，必須為這樣的學習方式訂定一些原則才行。

👉 原則❶：

網路作為輔助教材就好，不需要反客為主，畢竟孩子的健康還是第一考量，不要過度使用眼睛。

👉 原則❷：

先找出孩子學習上要加強的部分，再以此找尋每個學習網站的重點，不管是學拼字、聽歌曲，或是看影片學發音等，都可多多參考。

👉 原則❸：

如果是要收費的網站，建議以訂閱制付費，盡量不要是買斷式的高額費用；因為訂閱制的網站才會努力更新內容以招攬新的訂閱者。

在親子共學的過程中，我們試過很多網站，這裡列舉幾個我們認為很適合爸媽和孩子共學的免費網站，使用心得整理如下：

推薦 1：安安免費教學網站
（http://anan1.webnow.biz/）

這是一個公益平台，由沈芯菱在12歲（2002年）所架設。是的，就是我們在新聞上看到的那位出生在雲林窮困的攤販之家、靠著半工半讀完成學業、現為台大科技創新博士生，獲獎無數（總統創新獎／台灣十大慈善家／十大傑出青年）等等的沈芯菱，她的故事更列入高中、國中小學教科書中，如果你沒看過，可以到以下網址下載：http://ananedu.com/13book/13book.pdf

她除了創辦台灣農產品展網銷平台外，還有這個「安安免費教學網站」，包含國中小學各科科目，內容除了有生動的影音教學，更有好幾千份的免費試卷。這個網站平台由沈芯菱獨立經營，一開始是為了偏鄉地區那些下課後要幫忙家計，沒有足夠資源補習的孩子，有了網站資源，就可以讓他們隨時上網學習、進修。

這其實也是葳姐的夢想，希望有天可以打造一個平台，讓偏鄉孩子

享有與都市孩子一樣的資源；然而，城鄉差距最大的不同並非在於教學資源，而是偏鄉父母平日為生計繁忙，難以抽空親子共學，但葳姐認為父母只要一心為了孩子，絕沒有辦不到的事情，即便工作再累，每天也可以抽出時間關心孩子的教育；即使身在遠方，天天一通電話與孩子英語共學，也絕非難事呀！

為了保有網站的公益性質與內容純淨，沈芯菱謝絕捐款與贊助，她憑藉自己的努力，得到許多單位免費的資源共享。此網站靠她獨力經營，目前已經累積了一億八千萬次點閱率，相當驚人。說實話，因為是沈芯菱自己獨立經營，沒有大量經費的狀況下，網站的頁面設計非常陽春，自然比不上其他商業化的英語學習網。但單純以內容的豐富度來說，如果能逐一加以閱覽練習，對孩子已經綽綽有餘了。特別是其網站還收錄了全台幾所國中所貢獻的英語試卷考題，為學習方向提供了標竿，讓家長可以運用，並從這個角度來衡量孩子的英語能力。

推薦 2：英國文化協會 British Council 的英文學習網站

（ http://learnenglishkids.britishcouncil.org/en/ ）

　　別以為英國文化協會只是辦理台英文化交流的組織哦！近年來，英國文化協會除了舉辦雅思（IELTS）測驗，還辦了許多英語學習的課程，從兒童到成人都有，甚至還有專屬於兒童英語及青少年英語的網站。不過既然是英國文化協會辦的，當然也會是英式英語，腔調也會是英國腔，所以有興趣有家長可以從這個管道來和孩子一起學習英文。

　　這個專為兒童設計的英語學習網站內容非常多元化，包括以下幾個區塊：

❶ Listen and Watch 聽力區

★ 歌曲（songs）
每首歌除了歌詞之外，還有相對應的學習單／解答可供下載（目前共有67首歌）。

★ 短篇故事（short stories）
每篇故事都附有文字檔、影音檔、學習單／解答可下載，長度皆不超過兩頁（目前共有70篇故事）。

★ 影音區（video zone）
內容包括一些美勞作品DIY、情境劇等等，每部影片約5分鐘左右。同樣也都有文字檔、學習單／解答供下載。（目前共有7部影片）。

❷ Read and Write 閱讀與寫作

★ Your turn （輪到你了）

這個單元列出許多題目，可以讓孩子練習寫作，並把答案輸入「Comment」的地方。同時你也可以看到其它人針對該議題是如何用英文表達的哦！（目前一共有67個題目）。

★ Reading Practice（閱讀練習）

每篇文章會有preparation（預備）題目，讓你先熟悉文章裡出現的單字，然後才進入文章。讀完文章後進入game（遊戲）的部分，裡頭會出現一些題目，例如：給你一個句子的敘述，讓你判斷是正確還是錯誤，確保學習後真的有抓到文章重點；或者讓你將單字分類。最後是Discussion（討論）的部分，父母或老師可以引導孩子進一步思考。閱讀練習目前共有9篇，全是實用的文章，例如：say no to bullying（向霸凌說不）／football World Cup（足球世界盃）等等。雖然網站有列出分級（Level 1, Level 2, Level 3），但目前多數文章集中在Level 3。

❸ Writing Practice（寫作練習）

跟前一個【Your turn】單元相比，這裡的練習更像真正在寫作。目前網站上分成3 Levels一共有9篇，除了題目外，還會提供一篇範文。一開始在預備（preparation）階段，你會先讀一篇範文，接下來的games（遊戲）部分則設計了一些問題，確定你了解範文的意義。你也可以下載相關文件（the exercise and writing task），其中包括單字複習、句型練習、寫作指引與相關解答，最後是Discussion（討論），你可以把你

的想法放在comment區，如果夠幸運的話，會有British Council的老師親自回答你哦！

④ Speak and Spell 說與拼字

★ **Sounds（聲音）**
透過兩個卡通人物——Sam和Pam的歌曲來學習英文（目前一共7首歌）。

★ **Speak（說）**
透過Sam and Pam的影片來練習說英文。例如：在The School Trip這個影片中，孩子要找出魔法字（就是字裡有字母"e"的字），孩子觀賞影片時，若遇到有"e"的字，就必須大聲唸出來，這即是在練習「說單字」的能力，此外還有其他十分有趣的遊戲（例如打氣球）。

★ **Spell（拼字）**
同樣也是透過Sam and Pam的卡通影片來學習，影片會教授孩子如何拼出單字，這裡有文字檔及學習單可以下載練習，目前總共有8篇，每篇皆另有延伸的補充教材。例如：The Spelling Sports Day（拼字運動日），除此之外，在每篇文章的右方還附有補充的相關字彙。

★ **Tricky Words（弔詭的字）**
此處介紹一些特殊發音的字根、字首，共有10篇。其實只要記住這10種自然發音法，對孩子來說也就綽綽有餘了！

★ **Grammar Practice（文法練習）**

透過淺顯易懂的方式解釋各個詞類。以「adjective（形容詞）」為例，此處會先列出幾個例句（examples），提醒你形容詞沒有複數型，並要「注意」（Be careful）當好幾個形容詞擺在一起時，需先說大小（size）再說顏色（color），且「我們一般說……不這樣說……」（We say...We don't say...），我們不會選擇用連接詞（and）來連接兩個形容詞，直接用逗點就可以了！此外，遊戲單元（game）會測驗你排列句子的速度。當然也有相關文件可以下載（學習內容／學習單／小測驗／答案等。共有30個主題）。

★ **Grammar Videos（文法影片）**

單純講文法，有些孩子一定會覺得很枯燥。那麼此時便可以換個方式，觀賞影片學英文文法。透過真人演出（一對祖孫的對話）來教導孩子正確的文法觀念。

★ **Word Game（字彙遊戲）**

這個單元裡有許多字彙遊戲（還能聽發音），例如「字彙與圖片配對」。目前共有74個主題的單字集。

★ **Word of the Week（每週一字）**

這部分實際錄製了英國孩子如何運用單字的短片。例如「awesome」這個單字，影片中會由不同的英國小孩唸出來，並解釋何時使用這個字。小孩教小孩，是不是更有說服力呢？彷彿孩子今天置身於英國，在英國小學裡學英文呢！影片附有字幕檔，共47個字，所以孩子即便聽不太懂也沒關係喔！

6 Fun and Game 趣味遊戲

★ **Game（遊戲）**

網站一共有50種遊戲，例如「ABC countdown遊戲」，你必須在30秒內按照順序找出26個字母，很有挑戰性；如果孩子喜歡玩寶可夢，也可以試試「Style A Hero」的遊戲喔！

★ **Joke（笑話）**

用英文讀笑話，孩子會更喜歡英文喔！網站一共有50個笑話，所使用的英語都超簡單，甚至只有一張圖、一句話，如果依然看不懂笑話，別擔心，因為還有解答。例如下圖的笑話："What's the difference between a monster and a mouse?（一隻怪獸和一隻老鼠哪裡不同？）" 看不懂對嗎？沒關係，可以參考網頁下方的Help與Answer喔！

★ **Tongue Twisters（繞口令）**

「吃葡萄不吐葡萄皮，不知葡萄倒吐葡萄皮」，英文也有類似的繞口令呢！網站裡共有25首繞口令，直接用影片播放給你聽，練習看看，這會讓你的英文咬字更清楚喔！例如網站中的其中一篇繞口令——這隻大黑蟲：A big black bug bit a big black dog on his big black nose.

7 Print and Make 動手做做看

在這個單元設計了許多自己動手做做看的活動，例如「自己做字卡（其實有現成的，只要列印出來就可以）」、「自己做讀後心得小書（Write a Book Review）」，「桌遊範本（Board Game Template）」、

「環保活動設計單（Helping The Environment Worksheet）」、「著色單（Coloring）」等等。家長不愁想不出如何跟孩子玩英文呢！

⑧ Parents 父母

最後一個單元是「給父母的話」。這裡有許多專家的經驗分享，例如：：「How to start teaching kids English at home?（如何開始在家教孩子英文？）」。其實這和跟我們整本書中不斷強調的是同樣的重點——父母的英文好壞不重要，關鍵在於父母的態度。

 It doesn't matter if your own English is not perfect. The most important thing is that you are enthusiastic and that you give your children lots of encouragement and praise. （你自己的英文是否完美並不重要。最重要的是你有熱情，且你給孩子許多鼓勵與讚美。）

看完以上關於這個網站的介紹，是不是覺得英國文化協會簡直就是佛心來著呀？怎麼會有一個這麼豐富的大寶庫呢？特別是如果你本身就喜歡看英國電影，（如：哈利波特），那麼這個網站就更不能錯過了！假使孩子把kids篇都學完了，也可以往上再升級到青少年的英語學習網站哦！（http://learnenglishteens.britishcouncil.org）

推薦 3：EPT 美語──英語自學網

http://www.ept-xp.com/?ID=22

　　這是一個非營利網站，緣起於一位旅居美國的台灣人（Ivan Chen），因為有感於台灣英語教學有極大問題，所以他號召了一群美國與台灣的朋友共同開發了這個網站。網站的產品研發和教材編輯人員都不領取薪水，純以義工的形式來為英語教學努力。為了維持網站的經營，使用者可以捐款支持（只接受US$10的捐款），但大家想想看，一個網站的維運除了系統開發，還要有網址註冊費，伺服器租用費……等等，因此單靠捐款收入還不夠，難免會在網站上看到各式各樣的廣告，但至少都跟英語學習有關，不會出現一些奇奇怪怪的廣告，家長們可以放心。

　　此網站的英語學習資源並非未針對孩童設計，而是以程度分級，所以使用的時候，建議爸媽可以從初級開始。

❶ 初級單字

這邊共約1200個單字，有例句也有發音。若能完整讀過，大概國中小所需要的單字，你就都學過了！

❷ 文章

共分成六級，從第一級的120字到第六級220字，每篇文章皆附朗誦音檔。文章的第一到第四集，主要是全民英檢初級程度，所以朗讀速度較慢；第五級至第六級則是全民英檢中級程度，因此會提升到一般美國人正常的說話速度。

以下是第一集的第二課：

以下則是第六級（最高級）的第八課：

我們可以看出用字的複雜度有明顯的不同。家長們可以帶著孩子由淺入深慢慢練習！

③ 對話

和【文章】部分一樣，共分成六級，從第一級的120字到第六級220字，每篇文章一樣都有朗誦音檔。第一到第四集主要是全民英檢初級程度，所以朗讀速度較慢，第五級到第六級就是全民英檢中級程度，為一般美國人正常說話的速度。

以下是第一級的第一課：

第一級 第一課

ⓘ Google 提供的廣告 [英文發音] [會話英文] [英文單字]

▶ 0:00 / 1:14 🔊 ⋮

1-1: Breakfast – Home – Monday

March 1st, 2003, it's Monday morning, Allen is getting ready for school. Allen's mother, Mrs. Bush, just called him down for breakfast, and here comes Allen...

Allen : Morning mom.
Mrs. Bush : Good morning, dear.
Allen : What's for breakfast?
Mrs. Bush : Here are your eggs and milk.
Allen : Hmm, looks good. (munch!)
Mrs. Bush : Hurry up, or you'll be late.
Allen : It's okay, I still have time.
Mrs. Bush : Oh, is that so? Look at what time it is now.
Allen : Gosh, it's half past seven already?
Mrs. Bush : Now you see.
Allen : Well, I better leave soon! See you, Mom!
Mrs. Bush : Wait, how are you supposed to learn if you forget your books?
Allen : Oh yeah, thanks Mom.
Mrs. Bush : Bye, have fun at school.

1-1: 早餐 — 家裡 — 星期一

２００３年３月１日，這是星期一早晨，艾倫在準備要去上學。艾倫的媽媽，布希太太，剛叫他下樓來吃早餐，而現在艾倫來了...

艾倫 ：媽，早。
布希太太：早安，親愛的。
艾倫 ：早餐是什麼呀？
布希太太：這是你的雞蛋和牛奶。
艾倫 ：嗯，看起來很好[吃的樣子]。(吃的聲音)
布希太太：快一點，要不然你會遲到的。
艾倫 ：還好啦，我還有時間。
布希太太：哦，是嗎？[你]看看現在都幾點了。
艾倫 ：天啊，這已經是七點半了？
布希太太：你現在才知道吧。
艾倫 ：那，我該準備走了！媽，再見了！
布希太太：等等，如果你忘了帶來的書你打算如何上課(學習)呢？
艾倫 ：哦，是呀，謝謝媽。
布希太太：再見，[希望你]在學校過得開心。

以下則是第六級的第三課：

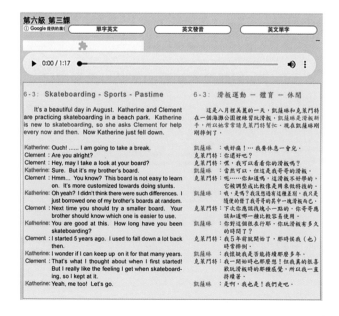

第六級 第三課

ⓘ Google 提供的廣告 [單字英文] [英文發音] [英文單字]

▶ 0:00 / 1:17 🔊 ⋮

6-3: Skateboarding – Sports – Pastime

It's a beautiful day in August. Katherine and Clement are practicing skateboarding in a beach park. Katherine is new to skateboarding, so she asks Clement for help every now and then. Now Katherine just fell down.

Katherine: Ouch! ...... I am going to take a break.
Clement : Are you alright?
Clement : Hey, may I take a look at your board?
Katherine: Sure. But it's my brother's board.
Clement : Hmm... You know? This board is not easy to learn on. It's more customized towards doing stunts.
Katherine: Oh yeah? I didn't think there were such differences. I just borrowed one of my brother's boards at random.
Clement : Next time you should try a smaller board. Your brother should know which one is easier to use.
Katherine: You are good at this. How long have you been skateboarding?
Clement : I started 5 years ago. I used to fall down a lot back then.
Katherine: I wonder if I can keep up on it for that many years.
Clement : That's what I thought about when I first started! But I really like the feeling I get when skateboarding, so I kept at it.
Katherine: Yeah, me too! Let's go.

6-3: 滑板運動 — 體育 — 休閒

這是八月裡美麗的一天，凱薩琳和克萊門特在一個海濱公園裡練習玩滑板。凱薩琳是滑板新手，所以她常常請克萊門特幫忙。現在凱薩琳剛剛排倒了。

凱薩琳 ：哦好痛！...我要休息一會兒。
克萊門特：你還好吧？
克萊門特：嘿，我可以看你的滑板嗎？
凱薩琳 ：當然可以。但這是我哥哥的滑板。
克萊門特：呃......你知道嗎，這滑板不好學的，它板調整成比較像是用來做特技的。
凱薩琳 ：哦，是嗎？我沒想過有這種差別，我只是隨便的拿了我哥哥的其中一塊滑板而已。
克萊門特：下次你應該找塊小一點的。你哥哥應該知道哪一塊比較容易使用。
凱薩琳 ：你對這個很在行耶。你玩滑板有多久的時間了？
克萊門特：我5年前就開始了，那時候我(也)時常排倒。
凱薩琳 ：我懷疑我是否能持續那麼多年。
克萊門特：我一開始時也那麼想！但我真的很喜歡玩滑板時的那種感覺，所以我一直持續著。
凱薩琳 ：是呀，我也是！我們走吧。

④ 片語

　　片語的學習也很重要，不然往往會對閱讀造成障礙。此處共有12部，以狄克森片語為基礎，刪除了一些不常用的片語。葳姐認為這邊所列出的片語都是最基本的片語，無論閱讀或寫作，都一定用得到，所以可以讓孩子好好的學習。

⑤ 詞組

　　所謂詞組，就是由兩個以上的單字合起來所形成一個新的字義。例如：air bag（安全氣囊），no way（絕對不行，門兒都沒有）。這裡一共列出了1200個詞組。

⑥ 一片通單字兒童版軟體下載

　　供免費下載的軟體。共分成六級，大約1200個字，孩子若能把這1200個單字學會，就非常厲害啦！

　　比起商業性質濃厚的網站，這個非營利事業的英語學習平台於設計上顯得「樸實」許多。但葳姐認為這並不影響其內容的豐富度。好好運用的話，大人小孩都能受益良多呢！（PS. 或許比起沈芯菱的網站，此網站多了一些廣告，但我想各位家長應該都能自行過濾。同時，有些廣告可能還會提供你所需的資源，我們認為倒不必如此排斥。一個非營利事業的教育平台能做到這樣，已經很不錯了！）

推薦 4：**My English Teaching In Hua Gang Junior High School and TCCN** http://culver.myweb.hinet.net/

My English Teaching In Huakang and TCCN

To all these my students and to my fellow teachers of English in Huakang Junior High School and TCCN, I reverently and humbly dedicate this page.

男生英文名字	英文基本句型	速字詢
女生英文名字	E-mail寫作	由注音找資料
不規則動詞	英語語法資料	由字母找資料
英文數字	難字新字詞探源	短篇英文作文[120~140篇]
如何增進英文字彙	格林及安徒生童話	短篇英文作文[141~155篇]
海外旅遊英語會話	簡易英文詩歌(42篇)	短篇英文作文[156~180篇]
中翻英 (單句)	簡易英文故事(66篇)	歷屆高中英文作文比賽
引導式翻譯	幽默故事(13篇)	73年至90年大中翻英解答
中前英詩翻譯	名著故事(35篇)	正誤句子的比較分析
國高中英語	英語格言及諺語	國高中生英文作文
口說英語	名家作品賞析	英文寫作必背句型
接綴(Affixes)	英語演講及範例	英文寫作必背遣詞
名詞子句	That子句	三字動詞
形容詞子句	「反客為主」句子	反身動詞
副詞子句	同源賓語	靜態與中間動詞
句頭與主詞多樣化	句子擴展	片語與佳句
英文寫作守則（作文初步）	初階五大句型	拾遺

◎英文信範例，請參考「**短篇英文作文[141~155篇]**」中第145號，共十五篇。

　　這是由花蓮花崗國中的英文老師——張獻敏老師所整理的英語學習資源。雖然沒有精美的排版，但對已有一定英語程度、開始往閱讀及寫作精進的孩子來說，這裡的資源十分豐富，很有幫助。此網站能提供給孩子的有效內容如下：

1 如何增進英文字彙：
張老師列出重要的字根字首，一共150種，如果能確實逐條學習，字彙實力必然大增！

2 翻譯：
中翻英的技巧與範例，共26種技巧。

3 英文寫作守則：
張老師列出八大原則及主題句、段落發展、結論句各自應該如何下手。

4 英語格言及諺語：
此單元完全就是為考試而設計！學會這些英語格言及諺語，之後運用在作文當中就容易得到高分。

5 國高中生的英文作文題庫與範文：
一共64個題目，從短篇作文到長篇作文都有。

6 英語演講的原則與著名英語演講：
張老師結論英語演講的3S——Stand up（起立）／Say what you have to say.（說出你該說的話）／Sit down.（坐下）。

7 格林童話與安徒生童話：
這部分的童話故事字數較多，可以用來訓練孩子閱讀長篇故事的耐性，其中收錄了著名的小紅帽、灰姑娘、白雪公主等等知名故事。

雖然沒有美輪美奐的網頁設計或動畫音效，但網站內容實在，適合給希望英文程度能更上一層樓的孩子使用。

推薦 5：BBC Learning English
http://www.bbc.co.uk/learningenglish

　　BBC是英國著名廣播電台，它們也設立了一個英語學習網站。BBC的英語學習課程從初中級開始（Lower-Intermediate），往上共分成四級，依序是中級（Intermediate)、中高級（Upper-Intermediate）與高級（Towards Advanced）。不過千萬別誤會「初中級」有多難，進去網站瀏覽一下就會發現，其實只要具備一般的英文程度，懂得26個字母，就能透過網站的影片與課程設計輕鬆學好英語。

　　網站上的每一課都會設計幾種不同的活動（activity），我們以初中級的第一課「Session 1學習打招呼」為例：

❶ 活動1——觀看影片簡介：若孩子聽得不是很懂該怎麼辦？沒關係，網站很貼心地附有文字檔（transcript）喔！

❷ 活動2——6分鐘字彙解說：事實上影片只有短短30秒，沒有6分鐘啦！這裡只是介紹6分鐘字彙何時播出，如何運用。

❸ 活動3——正式進入6分鐘字彙：雖然是影片檔，實際上卻只有聲音，所以影片會固定在同一個畫面上。還是聽不懂？沒關係，網頁一樣提供文字檔下載。6分鐘字彙透過字根、字首的介紹來增強字彙量。例如：「-ee」代表接受某個動作的人，像是interviewee（受訪者）、employee（受雇者）

❹ Vocabulary Reference：
看完以上活動之後，可以點選Vocabulary Reference，將該課的重要單字好好地複習、練習。

❺ Grammar Reference：每課都還有一個文法單元（Grammar Reference），可以用來練習、複習該課的重要文法。

　　最後，在前面介紹了那麼多提供學習資源的網站後，我們依照各網站學習的類別，大致區分如下幾種分類：

☞ ❶ 英文綜合學習：

★英國文化協會British Council 的英文學習網站

★BBC learning

★EPT美語-英語自學網

☞ ❷ 閱讀學習：

★英語學習樂園。安安免費教學網站

★花崗國中英文老師張獻敏老師的英語學習網

★英國文化協會British Council 的英文學習網站

☞ ❸ 考試資源參考：

★英語學習樂園。安安免費教學網站

★花崗國中英文老師張獻敏老師的英語學習網

　　這些都是葳姐覺得相當不錯的英語學習網站，從學齡前到高中程度的英語學習資源，爸媽們都可以輕鬆地在這些網站尋得，甚至連成人英語學習資源也一應俱全，所以非常適合親子英語共學。網路時代就是要善用網路資源，如果能好好運用，還能為荷包省下不少錢呢！各位家長請多加參考囉！

Lesson 8

運用好工具來共同學習⑥——
最好玩的影音教學
YouTube 頻道

運用好工具來共同學習⑥——最好玩的影音教學 YouTube 頻道

　　近來YouTube網站儼然已成為越來越受歡迎的新型態媒體，越來越多作家轉型成所謂「YouTuber」，他們製作有趣、吸引人們關注的影片到YouTube頻道上，並靠著群眾募資得到資金繼續創作，其中也不乏一些不錯的影片，值得大人小孩闔家觀賞，且能一邊學習英文，真是一舉數得呢！

　　有鑑於未來是網路時代，所以我們夫妻倆從一開始就認清一個現實：「不管我們喜不喜歡小朋友碰3C，他們未來的學習，都將會是數位教育」。當然，英文學習也不例外。所以從一開始共學時，我們就有計劃性地帶領兩個孩子接觸不錯的影片教學，心想：「與其讓他們隨便亂看，不如我們先開始帶著他們看一些不錯的教學短片吧！」

　　然而我們也發覺「網路的教學短片」和「傳統上課學習」兩者在品質上還是有一定的差距。網路教學影片優點是趣味性較高，且還有即時性（比方說前陣子流行的Pokémon Go，就可以找到不少YouTbue的教學影片）；但缺點是品質、水準參差不齊，頻道好壞相當兩極化。

我們建議爸媽在使用YouTube做網路教學影片時，可以注意的幾個面向：

👉 Point ❶：
YouTube影片畫質好壞相差很多，所以爸媽要先挑選過，免得傷了小朋友的眼睛。

👉 Point ❷：
影片的時間不要太長，最理想的時間是20分鐘內。超過20分鐘的影片，既傷神又傷眼。

👉 Point ❸：
一定要陪在孩子身旁一起看。爸媽陪著一起邊看、邊學、邊笑，也可以讓孩子開始覺得：「英文真是好玩！」

👉 Point ❹：
選擇適合的級數，並找出小朋友有興趣的題材。

以下和大家分享幾個我們夫妻倆和孩子們經常觀賞的頻道，以及觀看後的心得。隨著年齡及學習程度不同，頻道的選擇也會跟著調整（姐姐喜歡看的和弟弟不盡相同）。

推薦 1：阿滴英文

https://www.youtube.com/channel/
UCeo3JwE3HezUWFdVcehQk9Q

　　這頻道是由阿滴與滴妹兄妹檔一起合作，每週一與週四晚上9:00
固定推出新的影片，共可分成幾種不同的影片類型，比較適合孩子的有
「英文學習技巧」、「Ray's English Corner」、「日常英文單字」。

　　雖然阿滴英文內容並非針對兒童英語，但題材相當生活化，加上阿
滴與滴妹生動活潑的拍攝手法，每次選定特定主題，用懶人包的方式將
每支短片內容控制在大約6分鐘內（例如：3個訣竅／10句常用等等），
短時間內可讓孩子印象深刻地學到英文。

　　以下提供幾支我家小孩超愛看、且百看不厭的影片，用這些影片學英文，效果出奇的好（像是我家弟弟聽了「台灣人常犯的英文錯誤」那集後，每次故意問他：「How many money do you have?」，他都會立刻大聲回應：「是How much啦！」）

 ❶ 精靈寶可夢必修 新玩家指南
https://youtu.be/JIkobYS8mEA?list=PLG47EBG
FEJNbkzWf6eFTRz-sGjBWvoS04

 ❷ 10句常用英文#4【親子篇】
https://www.youtube.com/watch?v=Ej0fzkOd5Xw

 ❸ 台灣人常犯的英文錯誤#1
https://www.youtube.com/watch?v=Tsdyv4Uba7s

 ❹ 台灣人常犯的英文錯誤#2
https://www.youtube.com/watch?v=0QbSjeZ20H8

2分鐘英語教室　全部播放

阿滴英文｜五個並非髒話但其實就是髒話的髒話【2分鐘英...
阿滴英文 ✓
觀看次數：51萬・1年前

阿滴英文｜容易會錯意的英文說法【2分鐘英語教室】
阿滴英文 ✓
觀看次數：32萬・1年前 字幕

阿滴英文｜還在用 very 形容「非常」嗎？快來學代替 ver...
阿滴英文 ✓
觀看次數：24萬・1年前

阿滴英文｜No thanks 過時了！委婉拒絕人的實用英文句型...
阿滴英文 ✓
觀看次數：21萬・1年前

推薦 2：ABCmouse
http://youtube.com/ABCmouse

ABCmouse.com Early Learning Academy ✓
訂閱人數：573,321

訂閱（57萬）

　　這是一個美國的線上教學教育集團，針對學齡前到小學二年級孩子的早期全方位學習，內容非常多元化。英語本來就是學習的工具，透過全方位學習內容去學英語，反而更能吸引孩子興趣。此外，由於是針對2～8歲的孩子，英文上的用字遣詞自然不會太複雜，其影片主要可分成下列幾類：

❶ ABCmouse.com on TV
收錄這家公司的電視廣告。其中不乏一些不輸給國內何嘉仁、吉得堡等機構的感人廣告，相當有趣呢！

❷ ABCmouse.com Parent and Teacher Testimonials
是一些家長與老師的見證。如果大人們想練英文聽力，可以自己聽就好，因為內容對孩子而言會較無趣且太商業化。

❸ Classic Children's Songs from ABCmouse.com
收錄了8首經典兒歌，還配上動畫，幼稚園及低年級的孩子超愛！

👉 ❹ **Original Children's Songs from ABCmouse.com**

如果孩子喜歡唱歌，這裡還有12首ABCmouse原創的歌曲。

👉 ❺ **Alphabet Songs 字母歌**

A～Z共26部影片，可幫助孩子認識字母並學發音（Phonics）。

👉 ❻ **Animated fables and beginning readers**

動畫故事與初級讀本。共五部影片，多為伊索寓言的故事。

👉 ❼ **Crafts and Activities for kids**

一些讓孩子可以動手做的示範影片，例如：利用氣球與吸管模擬人體肺部功能。

👉 ❽ **Math**

用影片故事學習簡單的數學概念，例如：加法、形狀等等

👉 ❾ **1st and 2nd Grade Videos**

針對美國小一小二學生學校必學重點學科的影片，例如：美國50州介紹。

　　此外，也可以加入這個教育集團的Facebook粉絲頁，不定期能接收到一些資訊，例如教大人與孩子們自製教具的影片等等。當然，這家集團分享的影片無非也是一種自家產品的廣告，我們也算是享受到經濟學上所謂的「外溢效果」啦！

推薦 3：It's AumSum Time

https://www.youtube.com/user/
Smartlearningforall/about

It's AumSum Time
訂閱人數：686,797

訂閱（68萬）

　　這其實是一個全齡學習網站，因為題材廣泛，又以英文呈現，故非常適合把它當成學習英文的頻道，特別是它具備「大人看了也不會覺得無聊」的特性（這正是親子共學的重點），非常適合親子一起觀賞！Smart Learning for All這家公司位於印度，專門製作教育性的動畫影片。目前已經有50支影片在他們的YouTube頻道上，主題分類如下：

❶ **Collection of Facts** 趣味知識大匯集

❷ **Science and Math** 科學與數學（目前共86部影片）

❸ **Amazing Facts** 令人訝異的事實（目前共52部影片）

❹ **Science: Primary** 基礎科學（目前共20部影片）

❺ **Math: Primary** 基礎數學（目前共15部影片）

❻ **Physics** 物理（目前共13部影片）

❼ **Biology** 生物（目前共17部影片）

❽ **Chemistry** 化學（目前共14部影片）

❾ **Math: Advanced** 進階數學（目前共10部影片）

其中有一個播放清單「Back to School! Videos for Kids」，是將以上專門為孩子製作的影片精選出來，目前共348部影片，若孩子能把這些影片看完，並將影片中的英文都學起來，英文能力一定會增進不少！

推薦 4：Cool School

https://www.youtube.com/user/coolschool

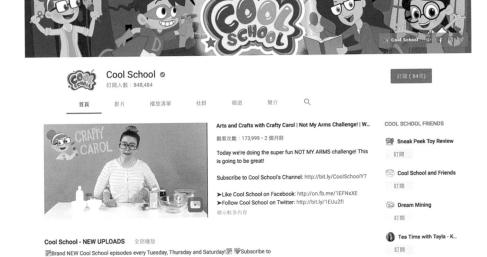

Cool School是美國Driver Studios（一家媒體公司）旗下的YouTube品牌，專門提供小朋友學習、教育的影片，非常適合有點基礎的孩子，可讓他們真正把英文當成工具去學習不同的事物。就影片內容來説，大致可區分成以下幾種類型：

☞ ❶ Arts and Crafts with Crafty Carol 美術與手作

共82部影片，由Carol 老師示範做出各式各樣的美勞作品。（英文能力不是很好也完全不必擔心，因為即便聽不懂，孩子看著Carol老師的示範動作，就知道該怎麼做了）以下是我家姊姊最喜歡看的幾支影片，供各位參考：

 ★【如何自製萬聖節的trick or treat袋子（DIY Trick or Treat Bag + Pipe Cleaner Spiders!）】https://goo.gl/c9Dzic

 ★【小女生最愛的白雪公主鏡子（DIY Snow White Magic Mirror）】https://goo.gl/eg3Axu

 ★【如何自製個人化特色鉛筆（DIY Personalized Pencil）】https://goo.gl/KUavJi

❷ **Story Time 故事時間：**

此部分由Ms. Booksy主講，還會做些有趣的故事改編。以下是我家姊姊最喜歡看的幾支影片，供各位參考：

 ★【**Cinderella灰姑娘**】https://goo.gl/EQdS7b

 ★【**The Snow Queen雪后（就是冰雪奇緣的故事）**】https://goo.gl/ZH4eRi

 ★【**Snow White白雪公主**】
https://goo.gl/ppm8Ht

SLIME and SQUISHIES! | Arts and Crafts with Crafty Carol at Cool School　　全部播放

We love slime here at Cool School! DIY bread squishies, fluffy slime, glitter slime, floam, galaxy slime, glow in the dark slime, unicorn slime, rainbow slime, butter slime, and MORE! Crafty Carol

SQUISHY DONUT PILLOW! ●
❄Summer Crafts with Craf...
Cool School ✓
觀看次數：21萬・1 個月前

DIY Slime Compilation!
AMAZING FUN SLIME...
Cool School ✓
觀看次數：16萬・3 個月前

Color Me Sqooshies: DIY
Squishy! Donut, Popsicle, &...
Cool School ✓
觀看次數：31萬・3 個月前

GIANT SLIME CHALLENGE!
Who Can Make the Coolest...
Cool School ✓
觀看次數：15萬・3 個月前

推薦 5：Fairy Tales and Stories for Kids

https://www.youtube.com/user/preschoolers123

Three Little Pigs + Little Red Riding Hood in English | Kids stor...
觀看次數：3,837,809・4 個月前

Three Little Pigs + Little Red Riding Hood bedtime stories for
kids collection. Visit Kids Story Channel for more animation
stories for children.

Subscribe here : https://goo.gl/qND9BT
顯示較多內容

WE LOVE THESE CHANNELS
TOO:)

Barbie Family Show
訂閱

Cinderella is Superella
訂閱

Our Family
訂閱

　　這個頻道有許多童話故事、床邊故事的卡通哦！如果孩子喜歡聽故事的話，這絕對是個能讓孩子練習英文聽力的好頻道！

 ❶ **若孩子喜歡「公主類故事（Princess Stories）」，以下幾個影片提供爸媽參考看看：**

★Cinderella 灰姑娘
★Rapunzel 長髮姑娘（魔髮公主）
★Snow White and the Seven Dwarfs 白雪公主與七個小矮人
★The Little Mermaid 小美人魚

★Beauty and the Beast 美女與野獸

★The Sleeping Beauty 睡美人

★Aladdin and the Magic Lamp 阿拉丁與神燈

★Snow Queen 雪后（冰雪奇緣）

👉 ❷ **若孩子喜歡「兒童故事 (Stories for Kids)」，以下幾個影片提供爸媽參考看看：**

★Hansel and Gretel 糖果屋

★The Jungle Book 森林王子

★Pinocchio 皮諾丘

★Heidi 海地

★Little Red Riding Hood 小紅帽

★Alice in Wonderland 愛麗絲夢遊仙境

★Bremen Town Musicians 布萊梅鎮音樂家

Bedtime Stories for Kids and Fairy Tales - Originals　全部播放

Little Red riding hood Cinderella Rapunzel Snow White and the seven dwarfs The Little Mermaid
Snow Queen, Sleeping Beauty Jungle Book Beauty and the Beast Alice in Wonderland Pinocchio

The Tortoise and the Hare bedtime stories for kids...	Rumpelstiltskin bedtime stories for kids cartoon...	Three Little Pigs kids story cartoon | Bedtime Stories fo...	Wolf and The Seven Little Goats Kids Story | Bedtime...
Fairy Tales and Stories for Kids	Fairy Tales and Stories for Kids	Fairy Tales and Stories for Kids	Fairy Tales and Stories for Kids
觀看次數：1.4萬・4 天前	觀看次數：3.9萬・1 週前	觀看次數：1156萬・1 年前	觀看次數：248萬・1 年前

　　這個頻道裡幾乎囊括了所有大家耳熟能詳的故事，全是適合大人與小孩一起看的YouTube 影片，如此一來才能真正發揮親子共學的效益！

推薦 6：English7levels - Learn English Together Online

https://www.youtube.com/channel/UCu3I4AOz_MRybi4T7_3f0fw

　　頻道名稱是Daily English Conversation，但內容其實都是讀本朗誦。所有影片針對不同英文程度共分成8級（Level 0～Level 7），內容都是簡短改編過的文字，讓人感覺像在看繪本一樣輕鬆。題材從古典文學到電影故事都有，例如：麻雀變公主(The Princess Diaries)，是屬於小學生程度（elementary）！爸媽們可以直接上它們的網站（http://english7levels.com）看看每一則影片的分類、短文介紹以及重要字彙。

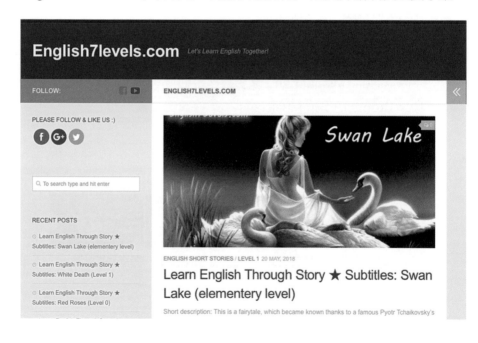

　　可以選擇連結到YouTube觀看，也可以直接在他們的網頁上看，另還附有重要字彙（不過是英文解釋），爸爸媽媽們可以斟酌使用喔！

Lesson 9

運用好工具來共同學習⑦——
線上真人教學口說英語
大作戰

Lesson 9

運用好工具來共同學習⑦——
線上真人教學口說英語大作戰

　　隨著網路世界的發達，以及近幾年由Tutor ABC帶起的線上教學風潮，線上英文教學網站如雨後春筍般冒出，也成為我們能使用的共學工具之一。但老實說，我們和許多爸媽一樣眼花撩亂，不知該如何選擇，從班別組成（一對一、一對多）、課程教材的種類（專用教材、通用教材）、師資的訴求（英美國家老師、華裔美國人、菲律賓等非主流英語國家）到價格（$100以下到$1000以上／每堂課），每種考量因素差異都極大。於是我們讓孩子們試上了幾家線上教學，同時上網做足功課，最後，我們選擇了其中一家，開始常態性地使用。

　　除了專業的線上教學集團外，許多英文補習班也開始增設線上英語教學的服務，甚至連英文雜誌社也跟進，推出類似功能。目前我們所知的線上英語學習課程就有： Tutor ABC／Tutor4U／ABConline／Hitutor／MySkylines／Englishbell／Fun Tutor（現已改名為EnglishSnap）／Cambly／Engoo／talxfun／易森語言……等等族繁不及備載。

5～12歲孩子使用線上英文教育心得

　　以我們兩個孩子來說，姊姊在使用一段時間後，會話的能力便有明顯進步；但弟弟剛開始上課時年紀較小（小學一年級），無法專心，我

們一直持續陪在旁邊上課約一年後,他才能自己獨力上完25分鐘的課程。我們以孩子們親身使用後的心得來做簡單的優劣分析:

1 優點:

★很方便又安全,爸媽與孩子都不必出門,省去接送時間,只要待在家裏就可以學英文。

★和外籍老師對談,訓練孩子使用英文的膽量和反應力。

★爸媽可以從旁瞭解孩子的學習情況,然後做些課後的調整。

★如果選對課程及服務廠商,其實可以節省荷包支出,且能有效訓練會話能力。

★有來自世界各地的老師，孩子可以習慣不同的腔調和發音（我們認為不一定要堅持純正美式發音）。

★比家教便宜的一對一對答，有助於訓練口語。畢竟聽力能靠一直努力聽來訓練，但口語就得透過不斷地「說」才能累積實力。

❷ 缺點：

★看電腦上課，年紀較小的孩子不容易專心，無論是選擇哪一個線上教學網站都一樣（我家弟弟一開始無法乖乖地坐在電腦前，時常老師問他問題，他的心就不知道飛到哪裡去了，我們在一旁都能明顯感受到他的心不在焉）。

★除非能堅持同一個專屬老師，在同一時段上課，否則，不固定的老師和時間，對年幼的孩子而言會有不安全感，且老師也不清楚孩子的程度，每次都要重新花費時間了解彼此（做自我介紹）。

★文化價值觀念不同，時常導致無法聊些有趣的話題，例如：台灣孩子覺得好吃的食物，外國老師可能不知道那是什麼東西。

★著重在提升聽力和口語對話，至於閱讀及寫作的能力，幫助相對有限。

★適合孩子的教材不多，多數都是為了方便成人學習而編製。若孩子只用初學者的教材，可能容易感到無聊或覺得太簡單。

★如果除了線上教學時間以外，孩子還有其他必須使用電腦或3C產品的時間，那麼一天下來就會過度使用電腦，影響孩子視力。

優點

❶ 方便又安全，節省接送時間
❷ 和外國人直接對談，練膽量
❸ 父母可以旁聽，了解孩子學習狀況
❹ 可以與不同老師對談，習慣不同英語腔調
❺ 對於口語訓練大大有幫助
❻ 比家教便宜

缺點

❶ 孩子要能夠自律
❷ 老師無法百分之百固定下來
❸ 老師遠在他鄉，文化不同，共同話題少
❹ 對閱讀及寫作幫助有限
❺ 教材多以成人為基準，較少為孩子量身訂做
❻ 時間太長會不利視力保健

　　綜合以上優缺點分析，我們認為英文線上教學平台不是最適合孩子的教學工具，但作為「輔助教學工具」來說卻很不錯。建議爸媽先幫孩子安排較完整的學習計劃，再使用線上英文教學平台來協助即可。

線上英文教學平台使用方法建議

　　若爸媽們已經下定決心使用英文線上教學平台，那麼以下有幾點建議，可以給各位爸媽們參考看看。

❶ 定位為「補充教學」，主要加強孩子的聽力和口語會話能力。

❷ 每次課程最好不超過30分鐘，因為孩子的注意力集中度非常短，且必須兼顧視力保健的需求。

❸ 孩子要具備一定英文基礎再參加，否則鴨子聽雷，只會讓他們更加挫折。過小的孩子（幼兒園大班以前）不適合這樣的學習方式。

❹ 一開始爸媽一定要在旁邊陪讀，建立孩子上課的習慣，同時也觀察孩子與老師的互動。由於線上教學平台品質參差不齊，有時遇到比較懶惰的老師，甚至會放影片讓孩子自己殺時間，這樣就失去課程的意義了。較大的孩子雖然可以獨自上課，但爸媽最好三不五時「臨檢」一下，否則孩子可能同時用電腦做其他事情，例如：上YouTube看影片或玩電腦遊戲。

❺ 若遇到不錯的老師，最好先談妥固定時段上他的課，建立孩子學習英文的安全感與紀律。

❻ 儘量選擇一對一的課程，若有預算上的考量，不妨調整課程時間及外師國籍要求。

❼ 不一定要外師，有些中師的發音甚至比外師好，對於文法句型或是閱讀理解的教授也比外師有效率。

❽ 有些業者每堂課上課時間雖然較長，算起來好像平均每分鐘單價很

低，但要注意是否全程都是老師在上課；有些標榜一小時的課程，其中有部分時間是讓孩子看影片，如果是這樣，反而要注意孩子看完影片後，聽老師上課的專注力可能就會降低了。

如何選擇適合的線上英文教學平台

近來線上教學平台崛起，台灣目前少說有數十家廠商在做類似的事情。從高價位到低價位、外師（包括英美人士或菲律賓老師）到中師（ABC或台灣的英語系畢業生），種種選項的確讓人難以選擇。爸媽可以根據「英文程度和預算」這兩個面向來挑選適合的線上英語教學服務。

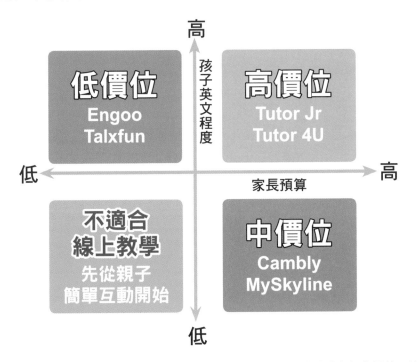

註：各家商業模式或有異動，以上為本書出版時之市場概況，後續或有價格調整，爸媽可以自行依此象限評估。

❶ 孩子英文程度高╳家長預算高

孩子若有2000～3000字彙、可進行簡單日常對話的程度，且每月爸媽願意花上15,000元以上的費用時，可以使用像Tutor ABC或Tutor 4U的一對一方案。這些公司規模夠大，師資都是純正英、美、澳、加的老師，有完整的教材與較細緻的分級制度，甚至能搭配一對多課程與大講堂式的純講解課程，適合有一定基礎的孩子讓英文更加精進！

❷ 孩子英文程度低╳家長預算高

若孩子的英文程度沒那麼高，但爸媽願意多花點預算，則建議可以採用像Cambly或MySkyline等中價位的一對一課程。畢竟一分錢一分貨，這些廠商在教材、客服及師資的過濾會比低價位的要好。

❸ 孩子英文程度高╳家長預算低

若孩子本身英文程度不差，但爸媽預算較低，例如：希望每月預算在5,000元以下，可以選擇Engoo或是Talxfun等比較便宜的一對一初級課程，因為這些低價位的線上英語學習平台的主要訴求就是低價，基本上對於教材不用期待太高。選擇這類的廠商，目標就是讓有一定程度的孩子英語口說能力透過不斷練習更上一層樓。

❹ 孩子英文程度低╳家長預算低

若爸媽可投入預算低，孩子的英文程度也還在起步階段，建議爸媽自己先在家與孩子練習互動，等孩子已經培養基本對話能力（如：會跟

老師說 "My name is XXX. Thank you very much!" 等），再讓他使用線上英語教學，否則大半時間都會耗在不斷重複簡單的句子，有點對不起荷包呢！

　　另外，有些廠商鼓勵客戶一次購買大量點數或長期方案並給予優惠折扣，標榜平均最低單價。如果是這樣的付款方式，建議盡量挑選有信譽的廠商（可以看公司的營業登記，有些公司在台灣甚至沒有成立公司或是資本額很小的企業社）。先前就有過屬於高價位線上教學平台的 Tutor Well（微爾科技）無預警停業的例子，造成學員損失，所以爸媽們也要小心為上。

　　此外，預繳很多錢、綁長期的方案常會發生原先期待的好老師跳槽了，新進老師素質不佳的狀況。如果想要享有較多折扣優惠而選擇綁長期合約的方案，請務必確認老師的素質都差不多，或者家長就要給孩子心理建設，告訴他們跟新老師上課就等於是交一個新的朋友！

基本上我們不鼓勵使用一對多的小組課程，這對孩子的心理壓力過大，容易讓他們喪失信心。若要上分組課程，最好還是選擇實體教室教學為宜，這樣學員們彼此可以實際互動；同樣地，若孩子的英文程度還不夠好，我們也不建議報名費用昂貴的英美外師課程，因為這些課程會要求家長一次性地繳交大量費用，但孩子通常無法集中注意力，會話能力有限，有點「殺雞焉用牛刀」之感，倒不如把預算省下來，爸媽在家和孩子做些簡單互動，或上一些實體教室課程，將英文對話能力拉到一定程度後，再參加這類較貴的線上英語教學課程會比較好。

　　或者，可選擇相對便宜的線上英語教育課程，雖然時間較短，且可能多為菲律賓外師，但因為便宜的關係，可以每天不斷地練習，而孩子最需要的就是重複練習，藉此訓練面對外國人時「敢開口」的勇氣，一段時間後，一定會看到孩子英語會話能力上的進步，這時候就可以挑戰更難的課程了。

　　雖說一分錢一分貨，但並不表示「最貴就是最好」，還是得看適不適合自己的孩子才行。如何依照孩子的英文程度與實際需求，將每一分錢的預算效用達到最大化，就要看爸媽的智慧了！

生活英語小補帖

I Don't Care Who Started It.
我不在乎誰先開始的

　　孩子哪有不吵架，不打架的。特別家裏有兄弟姐妹的家庭，可能為了一點雞毛蒜皮的小事，不管是弟弟偷吃了姐姐的冰淇淋、姐姐洗澡洗太久，還是懷疑誰向爸爸媽媽告密，都可以讓他們大吵。這時候，媽媽面對哭哭啼啼的孩子們，也分不出誰對誰錯，就來一句：

🎧 **Track028**

I don't care who started it!

要兩個小傢伙都先安靜下來。也許可以再補上一句

**Say sorry to your brother.
(or sister)** （和你的弟弟／姐姐説對不起。）

學習重點

care v.：關心

形容詞是**careful**。媽媽可以適當的表示對孩子的關心，對孩子説上一句：Honey, I care about you! （甜心，媽媽很關心你喔！）

start v.：開始

後面要接動名詞或不定詞，如：You should start cleaning your room. （你應該要開始整理房間了。）

★ 市面上主要幾家線上英語教學平台比較

名稱	上課人數	上課時間	設備	師資	教材
Tutor Jr	一對一／一對多／大會堂	45 分鐘	需下載專用軟體	英美澳加等國籍之老師	最完整的教材與分級制度
Tutor 4U	一對一／一對多／大會堂	50 分鐘	需下載專用軟體	英美澳加等國籍之老師	完整的教材與分級制度，由於有母公司 AMC 空中美語集團作支援，教材內容每月更新
My Skylines	一對一	55 分鐘	Skype	菲律賓籍老師	依照級別有不同教材
English-Snap	一對一	25 分鐘	Skype	菲律賓籍老師（美加老師較貴）	主要針對 9 歲以上的孩子，太小的孩子則不適合
TalxFun	一對一	25 分鐘	Skype	菲律賓籍老師	可以用 TalxFun 原創教材（免費），或自己去誠品書店買 Side by Side 教材，無特定針對孩童設計之課程
Engoo	一對一	25 分鐘	Skype	菲律賓、塞爾維亞籍老師	Engoo 有原創教材，也可以選擇和老師 freetalk，有針對兒童的教材

＊各教學平台課程費用依其官方網站為準。

運用好工具來共同學習⑧——
不傷荷包的線上圖書館

Lesson 10 運用好工具來共同學習⑧——不傷荷包的線上圖書館

　　這是一個資訊爆炸的時代，隨著網路普及，學習資源對許多人來說都不再遙不可及（只怕你不入寶山，寶山到處都是學英文的金銀珠寶呢！）。

　　自從我們開始共學以來，我們一直保持一個原則——多花時間陪小朋友共學英文，並少花大錢買不必要的英文教材或課程，而隨著這段時間進行的親子共學，我們不但感受到姊弟英文持續的進步，隨口就能用英文答話或發問，我們甚至還發覺到，其實學習的過程裡是可以「根本不用花一毛錢」，就可以輕鬆從網路上取得非常棒、且十分多元的教學資源，例如：圖書館的免費電子書庫。

　　只要爸媽下定決心，擬定學習計畫，按部就班執行，不要「三天打魚，兩天曬網」，如此，即使只是運用免費圖書館資源，也一定可以很快見到成效。

 充分運用圖書館的線上瀏覽書籍功能

　　大家知道台北市立圖書館的「台北好讀電子書網站」有許多語言學習雜誌與書本可以線上瀏覽嗎？如果習慣看電子書的朋友們，不妨多多利用這個免費資源哦！（https://tpml.ebook.hyread.com.tw/）。當然，

利用電子書庫也不盡然就能不買書，畢竟紙本書閱讀起來較不費力，因此我們使用的方法是：

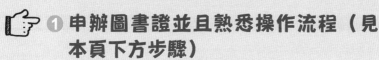 **① 申辦圖書證並且熟悉操作流程（見本頁下方步驟）**

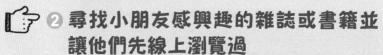 **② 尋找小朋友感興趣的雜誌或書籍並讓他們先線上瀏覽過**

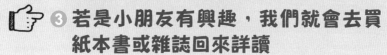 **③ 若是小朋友有興趣，我們就會去買紙本書或雜誌回來詳讀**

① 線上圖書館操作流程

　　首先，你必須要有台北市立圖書館的借閱證，如果沒有的話，可以趕快去辦理哦！因為無論你住在台灣的哪個地區，都可以透過台北市立圖書館的借閱證，登入這個全國最大的正體中文電子書庫。即便不住在台北市的爸媽，也可以在網站上線上辦證，非常方便喔！

　　接下來我們以借閱「語言雜誌電子書」為例，向大家介紹基本的使用步驟（提醒大家，同一個帳號在一個月內只能借六次書喔！）。

Step 1. 登入電子書庫

HyRead ebook 臺北市立圖書館

👤登入　☁App下載　ℹ️說明 ▾

電子書　　電子雜

步驟一二三,看書真簡單

一 搜尋/瀏覽　　二 登入讀者帳號　　三 借書&閱讀

更多操作說明,立即下載

熱門借閱

空中英語教室 [2018年05月號] [有聲書]

2 大家說英語 [2018年05月] [⋯
3 大家說英語 [2018年06月] [⋯
4 空中英語教室 [2018年04月⋯
5 每天來點負能量:失落的壞⋯
6 Advanced彭蒙惠英語 [2018⋯
7 被討厭的勇氣:自我啟發之⋯
8 彩繪圖解英語會話 [有聲書]⋯
9 萬寶週刊 2018/05/25 [第128⋯

精選電子書

阿德勒的勇氣哲學:　　極上京都:33間寺院　　和風自然家 In　　老師,你會不會回來　　為了與你相遇
重新認識「最流行」　　神社x甜味物語　　Taiwan:從MUJI到京
的人性觀點!　　　　　　　　　　　　都風,你能實現的日

作家專欄 吉時快遞

職場作家、企業公關、大學講師三位一體,曾經是年資26年的資深媒體人,做過電視
記者、主播、製作人;教過11年大學;寫過《求職力》、《說話力》、《先別急著撞
牆》、《導演格局力》4本書;也四處讀將媒體、危機處理、企業公關、會議演講、

Step 2. 點選「雜誌」項下的「語言學習」類

語言學習

空中英語教室Studio
最新發刊 :2018-08-01
雜誌類型 :月刊
新刊上架通知

English 4U 活用空中美
最新發刊 :2018-08-01
雜誌類型 :月刊
新刊上架通知

English Digest 實用空
最新發刊 :2018-08-01
雜誌類型 :月刊
新刊上架通知

A+ English空中美語
最新發刊 :2018-08-01
雜誌類型 :月刊
新刊上架通知

HALLO!Germany德
最新發刊 :2018-07-16
雜誌類型 :月刊
新刊上架通知

Bonjour!France法語
最新發刊 :2018-07-05
雜誌類型 :月刊
新刊上架通知

互動日本語
最新發刊 :2018-07-01
雜誌類型 :月刊
新刊上架通知

Hola España 西語學
最新發刊 :2018-07-01
雜誌類型 :月刊
新刊上架通知

大家說英語
最新發刊 :2018-07-01
雜誌類型 :月刊
新刊上架通知

Hi! JAPAN 日語學習
最新發刊 :2018-07-01
雜誌類型 :月刊
新刊上架通知

Tiếng Việt 大家說越
最新發刊 :2018-07-01
雜誌類型 :月刊
新刊上架通知

英語島
最新發刊 :2018-07-01
雜誌類型 :月刊
新刊上架通知

Advanced彭蒙惠英
最新發刊 :2018-07-01
雜誌類型 :月刊
新刊上架通知

跟我學日語
最新發刊 :2018-07-01
雜誌類型 :月刊
新刊上架通知

佳音英語世界雜誌
最新發刊 :2018-07-01
雜誌類型 :月刊
新刊上架通知

　　在這步驟，你就可以發現原來台灣有這麼多種類英語學習雜誌！以初級程度而言，建議可以鎖定【大家說英語】、【A+ English】、【LiveABC】及【佳音英語世界雜誌】，再從這幾本雜誌裡面，去尋找孩子有興趣的題材。

Step 3. 選定想要借閱的電子雜誌，點選進去（例如：ABC互動英語）

‹ **語言學習**

A+ English空中美語

ABC互動英語

Advanced彭蒙惠英語

ALL+互動英語

biz互動英語

Home / 電子雜誌 / 語言學習

◀)) ABC互動英語 [第193期] [有聲書]:用英語描述交通狀況

索引碼：164

作者：LiveABC互動英語教學集團編輯製作
出版年：2018.07
出版社：希伯崙
出版地：臺北市
最新發刊：20180701
雜誌類型：月刊

本刊內容包含多媒體有聲書

刊次服務

馬上看！不用等預約。
❸ 借閱說明
借閱
愛購立即借

部分試閱

🖵 行動借閱QRcode　♥ 加入收藏　🔔 新刊上架通知　📖 書店購買　更多卷期...

雜誌簡介：專為英語初學者編訂的基礎英語雜誌，《ABC互動英語》。配合九年一貫課程，以生動有趣的課程內容，包含3-D圖解、3-D點書、真人影片、電影等題材，搭配相關聯的單字、片語、文法、句型及會話介紹，讓你無論是打好英語底子、參加學力及英檢測驗，都能輕鬆應考、得心應手。

簡介 ⌃

本期內容簡介

本月焦點：海邊戲水趣

夏天到了，很多人都會到海邊（beach）玩海浪（wave）、堆沙堡（sand castle）、撿貝殼（seashell），本期的《本月焦點》就要向大家介紹到海邊玩時派得上用場的詞彙與句型，讓大家消暑邊邊學習英文，別忘了要搭配我們的真人實境影片學習，隨學習事半功倍喔！

Step 4. 按下「借閱」，這本雜誌就會自動放到你的【書房】，或者直接手動，在跳出來的視窗點選「到我的書房」即可。

Step 5. 點選「線上閱讀」，將會自動在新視窗以hyread軟體開啟這本雜誌

Step 6. 每本電子雜誌都附有影音檔，可以將滑鼠移到雜誌內頁有寫「曲目」或「影片」處，按下去播放。

如果覺得雜誌內容很棒，請到書局用新台幣讓雜誌下架吧！不過，既然是電子書，所有雜誌就都只能線上閱覽，不能下載，也不能列印哦！因此建議大家可以先讓孩子瀏覽不同雜誌的當月內容，再看看孩子對哪本較感興趣，接著去書店或上網訂購紙本版本，畢竟一本雜誌也是集合眾人的心血編纂而成，喜歡的話就應該以購買來支持，這樣才可以鼓勵出版社製作出更好的內容，不是嗎？

Look At Me
When I Am Talking To You.
當我和你說話時，你要看著我

當孩子做錯事或心虛的時候，經常都會把頭放得低低的，聲音小小的。爸媽要從小培養小朋友勇於面對錯誤、面對問題的勇氣。所以，這時就要對孩子說：

Look at me when I am talking to you! 🎧Track029

而當小朋友抬起頭，用心虛的眼神看著你時，可以再來一句：**Tell me what happend.**（告訴我發生什麼事了？）

look v. 看／看起來：

是「看」或是「看起來」的意思，而look at則是注視的意思。小朋友對於look，watch或是read、see會搞不清楚，從應用中多學習。

例 Did you see my math textbook?
（你有看見我的數學教科書嗎？）

例 I like to watch TV and movies.
（我喜歡看電視和電影。）

例 I like to read comic books.（我喜歡讀漫畫書。）

Lesson 11

非補習不可的話，
請慎選補習班

Lesson 11

非補習不可的話，請慎選補習班

我們曾把姊弟倆送去不同的英語補習班，有些上過完整的英語課程，也有些是夏令營這類短期的體驗。觀察後發現，有些補習班的教學方式會令兩個孩子感到厭惡，但也有讓他們覺得有趣、且真的能學到一些知識的補習班。

補習班可以說是爸媽在孩子學習上花費最大的部分。便宜的補習班，一個月要好幾千元，貴的補習班則可能一個月花費就要兩萬多元。現代家庭多為雙薪家庭，忙碌的爸媽可能也會把孩子往安親班送，並在安親班的課程裡另加才藝課，而英文就是選項之一；另一種則是由阿公、阿嬤接送上下學，但因為阿公、阿嬤不會英文，最後爸媽們還是會把孩子送到英文補習班裡加強英文。儘管我們主張：「沒有任何學習的效果會比親子共學更好」，但礙於現實考量，若實在沒有時間，爸媽依舊只能把親子共學當成輔助，另擇英文補習班做為主要的英文學習課程。

　　市場上各式各樣的英文補習班，從平價到高價，從連鎖補習班到獨立補習班，從中師到外師，以及頻率不同的課程時間（每週2次，或每週4～5天不等），到底哪一種最適合孩子呢？我們根據自己的經驗，並整理周遭朋友挑選安親補習班的條件，提醒爸媽可以從以下幾個面向做一張檢核表，然後把自己的情況與需求一一填入來比較，找出最適合自己孩子的補習班。

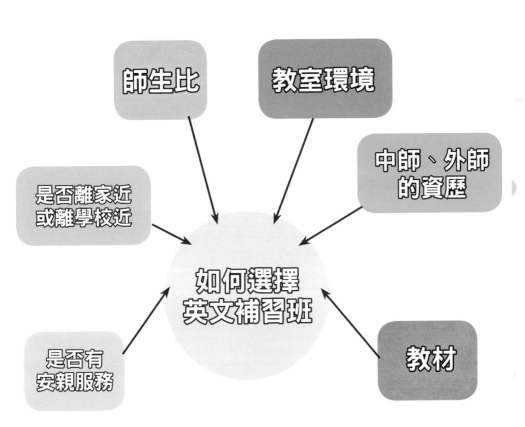

「是否有安親服務」對學習的影響

對於雙薪家庭的父母來說，如果英文補習班沒有提供安親服務，父母還得考量學校下課後接送問題，反而更麻煩。不過現在許多連鎖補習班通常都附設有安親班的功能，且只收自己的補習班的孩子，例如：弋果、快樂瑪麗安……等等。這類補習班以英文教育為主、安親為輔，充其量就是在上完英文課後，有個老師幫你看著孩子寫完作業，很難要求有什麼進一步的課業輔導。

「離家／離學校遠近」對學習的影響

如果補習班離家遠或離學校遠，勢必就要搭乘交通車，這樣又會增加孩子在路上的風險。曾聽說有家長讓孩子參加學區外的補習班，為了孩子安全，他們雇了一輛計程車每天從學校專車接送，結果整體就學成本增加不少。補習大國「韓國」便有這類行業，一輛小巴載著孩子趕赴不同補習班，但同時卻也增添很多車禍的機率。因此，離家是否夠近（至少上完課可以走回家，或父母能親自接回家）？離學校是否夠近（放學後可以由老師帶領走到補習班）？也是一個考量因素。

「師生比」對學習的影響

「一個老師帶幾個孩子？」絕對是選擇補習班的重要考量因素。因為學生人數太少的狀況下，補習班為成本考量，不太可能開課，且費用

也會較高，所以一些補習班雖強調小班制，但師生比依舊會落在1:10左右，除非班級人數夠少，才有可能撿到便宜，上到師生比1:7、1:6的課程。

　　其他更大班制的課程如安親班，師生比可能高達1:15甚至1:20，在這樣的學習環境裡，想得到強而有力的學習效果是幾乎不可能的事。爸媽如果認真研究過教材，就會發現怎麼上了一整個學期，卻還在「ABC」的初階課程裡打轉。儘管有些補習班強調「純正外師口音」，但試想如果一個孩子在人數過多的大班級裡，能有多少時間跟外師直接對話？在這種情況下，外師或中師其實就沒有太大的區別了，且由於標榜外師之故，還可能要花費更高昂的學費，一點也不划算。

☞ 一般而言，師生比越低，補習班礙於成本考量，學費會越高

「教室環境」對學習的影響

　　孩子長時間待在補習班裡，除了教學內容之外，燈光是否充足、空氣是否流通、逃生動線是否清楚，都是很重要的評估項目。尤其是教室燈光是否充足，長期下來對孩子視力絕對有很大的影響；若教室能有對外窗當然最好，沒有對外窗的話，就只能仰賴空調，在流行性疾病盛行時，無法降低孩子在補習環境中交叉感染的風險；另外教室的裝潢材料是否含有有毒物質，長期對身體的影響，也得列入考量選項中。

　　此外，雖然能夠成立補習班，就一定得通過消防安檢，但政府不可能天天來稽查，因此還是要靠家長們自己細心觀察，萬一發生火災時，整個逃生動線暢通與否？有沒有被其他雜物擋住？備有足夠滅火器嗎？並且教導孩子，萬一發生火災時，要如何自保。

「中師、外師經歷」對學習的影響

　　很多家長認為外師發音較純正，且「國外的月亮比較圓，當然給外師教比較好」。但你真的知道金髮碧眼的老師們的經歷嗎？是真的在英語教學上學有所長，或者對於英語教學有極大熱情嗎？如果有幸遇到這樣的外師，當然就值回票價。

　　但也有一些外師可能只是來台灣打工、或在母國抑鬱不得志，跑來台灣用母語賺錢、甚至有些老師曾在母國留有犯罪紀錄！你真的放心讓孩子跟這樣的老師學習嗎？其實，因為外國人在台灣沒有多少資料可查的關係（特別是初來乍到的外國人），如果一般大型連鎖補習班，或許

還有點能力做跨海查核,但換作小補習班,恐怕很難確保其安全性,通常都是出事了才知道老師經歷有問題。

　　反觀中師,因為有著共同母語,他們其實更能了解我們會被母語卡住的障礙在哪裡。通常能擔任英語老師的台灣人,口音都算標準了,有些甚至你不看照片,只聽聲音,還會誤會成外國人呢!所以真的不必有「外師較好」的迷思,特別是初學英文的孩子,若只是教26個字母,重金請來外師其實有點「殺雞焉用牛刀」的感覺,由中師來教就已經綽綽有餘了。

☞ 一般而言,外師比例越高,學費越高,若外師來自英美加紐澳這五個純正英語母語的國家,收費通常更加昂貴。

✎ 「教材使用」對學習的影響

通常補習班除了月費、註冊費外，還會有一項「貴森森」的教材費。有些補習班採用的教材是原裝進口的國外讀本，有些則看起來像是廉價印刷的閱讀教材。通常一分錢一分貨，如果是國外讀本，因為包含進口的授權費用，收費自然就會高一點，有的甚至會附一片CD，讓孩子回家可以反覆聽與練習。這類教材費用大約3000～5000元不等；至於有些看起來像是影印合釘成冊的教材，如果也要收取3000元以上的費用，就不太合理了。

此外家長也可以注意教材的出版時間。語言會與時俱進，10～20年前講的英語、社會文化情境一定與現在大相逕庭。如果教材太過老舊，那孩子只會學到一些舊式英語，或現在根本已經不存在的說法，如此便難以運用到日常生活，少了實際運用的練習，學英文的效率就會大打折扣！

接下來是我們或親朋好友參加過的幾家主要英文補習班分析，提供給大家參考，補習班的選擇沒有絕對的好壞，找到最適合孩子特質的補習班，才是最重要的事情。

市面上主要英文補習班分析

1 弋果美語

★應該是市場上最高價的英語補習班。

★創立於1999年，第一家弋果美語開設在竹科。

★號稱「美語界台積電」

★銜接美加學制的幼兒園與中小學美語課程（白話文：如果你的孩子想在高中時送出國，就來這裡。國中畢業完成Grade 5，即具備35400字的字彙量，等同美加當地中學的英文能力，約為全民英檢中級實力）。

★教材是美加中小學的教科書 —— McGraw Hill 的New Dimensions系列教材（不過美加中小學也和我們一樣沒有公定的教科書，所以其實每個學校都不盡相同）。

★活動：每年有拼字大賽與美語演講比賽。

 葳姐評論：

曾讓孩子們參加過夏令營，外師皆有專業的ESL資格與教學經驗，課程設計活潑，孩子都很喜歡他們的活動，但是確實要價不斐！

2 快樂瑪麗安

★成立於1991年。

★收費應該是市場第二高。

★以幼兒園為主體的英語補習班體系，學生年紀最小可收到2歲的幼童。

★號稱最低師生比（1:8），每班配置中、外師各一名。

★標榜與美國小學同步（白話文：就是以英文來學數學、自然科學等等其他學科），由於是全美語，如果孩子聽不懂或看不懂，就真的連學科知識也沒辦法吸收了，因此比較適合英文有一定程度的孩子。

★活動：名人演講模仿。

 葳姐評論：

English Time

① 老師是以「自然而然」的方式教授句型。

② 加盟總部控管不嚴，之前還傳出有分校違規招生情事。

3 徐薇英語

★國小英文菁英班創立於2008年。

★反對「唱唱跳跳學英文」，標榜「最適合華人學英文的高效率方法」，主張要在小孩國小階段奠定好英文基礎，於國小畢業時就完成國中三年的英文課程，甚至達到高一的程度。

★教學目標明確，比較考試導向。

　❶ 12歲（國小畢業）要能通過全民英檢初級
　❷ 14歲（國二）要能通過全民英檢中級
　❸ 15歲（國三）要能基測英文滿分
　❹ 18歲（高三）指考英文成績80分以上

★活動：單字王。

★中南部加盟學校很多，網路上有些家長評論加盟的安親班並沒有按照徐薇的教學理念走。因此班主任比徐薇英文這塊招牌來得更重要。

 葳姐評論：

姊弟倆曾經參加過徐薇英文補習班，不過由於比較考試導向，教材相對無趣，背誦部分也較多。

　　其實連鎖加盟英文補習班的品質，與各補習班班主任的教育理念更有高度相關，反而品牌的優劣已是其次。家長們不妨按照我們前面所提的幾個決策方向去思考，但千萬別忘了，即使把孩子送到英文補習班，也絕不能完全依賴補習班來讓孩子養成英文能力，父母還是應該盡可能參與學習過程。

生活英語小補帖

Say Thank You/ Please/Excuse Me
常說謝謝你/請/與對不起

　　有禮貌的小朋友大家都喜愛。爸爸媽媽可以多進行機會教育，跟小朋友說：

**Say Thank you/
Please/Excuse me.**

 Track030

小朋友可以回答以下的句子：

Thank you for your help.
（謝謝你的幫助。）

Please help me solve the math problem.
（請幫我解開這個數學問題。）

Excuse me, what time is it now?
（抱歉，現在是幾點？）

say v. 說：

小朋友經常會把 say 和 speak 搞混，要記得「說某個特定的語言」得用 speak 喔！

例 Please speak English now.（現在請說英文。）

例 Say sorry to your sister.（跟你的姐姐說抱歉。）

Lesson 12

共學之後，
爸媽你得要知道……

Lesson 12 共學之後，爸媽你得要知道……

　　學習完前面介紹過的各種共學方法後，並不是這樣就結束了喔……學習後若想加深記憶，「複習」是最好的方法之一，同時也別忘了不斷設立新的目標，因為唯有自己才能超越自己呀！

✏ 善用零碎的時間

　　小朋友課業忙，父母工作也忙，所以除了使用完整的時段來做英文成長強化外，父母千萬不要輕估一些零碎時間的力量，讓它們化零為整，效果會更好。

❶ 早上起床的時候(5～10分鐘)：

　　可以練習一些起床用語，並提醒小朋友今天上學要準備的東西。比方說：

☞ ❶ It is time to get up.
（該起床了！）

🎧 Track031

☞ ❷ Hurry up, or you will be late for school.
（快一點，否則上學會遲到！）

☞ ❸ It is very hot outside. What would you like to wear today？
（外面天氣很熱。你今天想要穿什麼衣服？）

☞ ❹ You will have a violin class after school. Please remember to take your violin with you.（你今天放學後有小提琴課，請記得帶你的小提琴出門。）

❷ 上學、放學的途中（15～20分鐘）：

　　這個時間可以複習一些簡單的句子，或重複練習單字。我們會習慣把前晚所學過一些比較困難的單字，在路上讓孩子加深對單字的語感及反射動作。比方說，前一天讀的文章出現過hallway , important , tradition 等單字，就能在路上抽考孩子，看看他們還記不記得這些單字的意思。千萬不要低估小朋友的學習力，重複練習過幾次後，他們很快就記住了發音，之後再做些單字練習，字彙實力會進步得很快。

❸ 睡覺前的搖籃曲lullaby（15～20分鐘）：

大部分父母最大的挑戰，除了讓孩子好好吃飯外，應該就是要他們乖乖去睡覺吧。根據語言專家分析，睡前閱讀和聽故事是學習語言最有效的方法，所以我們想到一個一舉兩得的好方法，就是讓小朋友上床後，先聽一些英文童話故事，或是播放單字集的發音及例句，根據經驗法則，小朋友10～20分鐘後就會沉沉睡去，這樣不但可避免孩子玩鬧不睡覺，把父母氣的半死，又可以在潛移默化中強化語言能力，真是最棒的搖籃曲了！

❹ 出遊的交通時間（30分鐘～數小時）：

不要輕忽這段時間，它對英文程度再進化的幫助非常大。我們習慣在車上使用不同的方法，比方說，我們會與孩子練習一下目的地可能會出現的字彙，所以建議各位家長可以預先準備，然後在車上和孩子聊聊，這樣也是一舉兩得。孩子不僅英文能進步，又可以對旅遊地的風土人情有所瞭解。此外，我們還會播放CD讓孩子聽，重點還是要讓孩子跟著一起唸，因此我們也經常以身作則跟著一起大聲念出來，這樣既不會打瞌睡，又能強化他們的記憶深度。

其實親子間還有許多零碎的時間，利用自製的字卡及圖表貼在家裡各處，經過看到時，就能藉機複習一下，比方說，小孩喜歡喝的養樂多（fermented milk），喜歡吃的泡麵（instant noodle）都是很好的教材。

各位家長可以想一想，這樣零碎的時段，每天加起來大概會有1～2個小時，週末的時間更多。語言本來就是習慣成自然，即使送到頂尖美語補習班，一個月花費兩萬以上，小朋友一週上三、四天，一天也不過是一

個半小時左右，且一班還有十幾個同學，真正讓自己小朋友練習的時間有限。若家長能照我們的方法做，光是這些零碎的時間所帶來的學習效果，就不比補習班差，更不要說再加上父母與小朋友如果能有固定共學的時間，孩子的英文進展會非常地有效率！

訂定適當、實際、可達成的 KPI

「KPI」就是Key Performance Indicator（關鍵績效指標），在職場上的爸媽對這個縮寫一定不陌生。KPI就是把抽象的願景列出具體可達成的目標。例如：想要孩子英文變好（抽象的願景），但要達到什麼目標才算「變好」？

父母的充分參與是最重要的。身為家長，大家不妨這樣思考，現代社會的資訊多、步調快，小孩也相對容易早熟。其實小孩到了小五、小六後，已經有了自己的主見，開始經營自己的朋友圈，慢慢喜歡跟同學出去玩；到了國中青春期，不僅開始叛逆，且多半已不喜歡跟父母膩在一起，所以與孩子相處的時間真的是十分有限的。

我們生兒育女，若是沒有足夠時間與小朋友相處，這樣意義何在？利用親子生活共同學習英文的時間，以及假日戶外活動的機會順便練習英文對話，增進親子的互動及感情，又可以幫小朋友奠定英文基礎，不是一舉兩得嗎？所以，就從現在開始訂定一個具體的學習目標，然後和孩子一起達成吧！

👉 只要孩子有英文字母基礎， 我們建議的學習目標是：

開始親子共學一年後

❶ 能理解日常的生活對話。

❷ 可以簡單用英文來回答父母對於生活上的要求。

❸ 完全掌握國中小1200字：能唸出單字、說出單字的意思並且正確拼出來。

❹ 對於發音原則有基本的掌握，見到陌生單字可以讀出來。

開始親子共學三年後（小學畢業前）

❶ 可與父母進行居家生活對話。

❷ 可以用英文來清楚表達自己的情緒及期望。

❸ 看得懂5000字，並且能夠正確拼出2000～3000字（可以用各種英語雜誌的最進階版來測試）。

❹ 能在沒有字典的情況下看懂章節書（chapter book）及生活對話。

❺ 能寫出至少250字以上完整的英文短文。

　　有了清楚的目標，希望爸媽與孩子一起努力把英文當成第二母語（中文和英文）在生活中實際應用，親子生活也能變得更加充實！

激發潛力，測試孩子的極限

在親子共學的過程中，父母千萬不要自我設限。小孩的學習力像海綿一樣，有無窮的潛力，有的小朋友學得快一些，有的慢一點，然而學校及補習班的大班制環境下，很難做到真正的因材施教，也很難觀察每個小孩的學習特性，進而做學習步調的調整。

每個孩子對語言的天賦截然不同，爸媽必須扮演好觀察員的角色，從單字的視覺及聽覺記憶，來看看孩子對於單字的反射動作。如果孩子在每天設定的單字量上，重複看了三到五次就有一定反應，不妨增加單字的數量或單字的長度。同樣地，若給孩子閱讀翻譯的文章後，他們沒出現什麼「痛苦掙扎的表情」，反而在嬉笑間完成，那也不妨試著增加文章或對話的難度看看。

比方說，我們家的小朋友前一陣子很快就完成了以下這個對話的閱讀翻譯，你們也能讓孩子試看看：

Dad: David, how many classmates do you have in your class?
大衛，你班上有多少同學？

David: I have thirty-two classmates.
我有 32 個同學。

Dad: Who is your best friend?
誰是你最好的朋友？

> **David:** Peter! Peter is my best friend.
> 彼得！彼得是我最好的朋友。

如果孩子做到了，我們便開始增加難度，加長並加深的對話難度如下：

🎧 Track033

Dad:	David, you look upset today. Would you like to share with me what happened? 大衛，你今天看起來很沮喪。你想要跟我分享發生什麼事情嗎？
David:	Peter did not want to play with me any longer. 彼得再也不跟我玩了。
Dad:	That is too bad. Do you know why? 那真是糟糕，你知道為什麼嗎？
David:	Maybe he was angry with me because I did not lend him my new pencil. 可能他在生我的氣因為我不借他我的新鉛筆。

同樣是四行的對話，但句子長度與使用的單字都變長、變多，透過增加文章的難度來測試小朋友的極限，也讓他們的潛力未來可以充分發揮！

保持孩子對英文的興趣

　　在漫長的學習路上總是會有累了、不想走了的時候，這時要怎麼保持動力並持之以恆地努力，正是不容忽視的課題！孩子的思維非常直觀，只要讓他們找到學英文的好處，他們就會萌生主動性！相信多數家長都曾面臨過「要孩子學英文時，他們卻是千百個不願意，不是拖拖拉拉，要不然就是哭爹喊娘，讀沒幾分鐘就神遊物外，即使去補習班學英文也是很勉強……」的時候。

　　爸媽不妨站在小朋友的角度想一想，一個小學三年級、四年級的學生，在現代的社會裡，不管是看書、看電視，或是出去玩，都已經能用中文接觸到非常多有趣的資訊及動人的故事，例如：之前炒得沸沸揚揚的「性別平等」議題，我們家當時小二的兒子竟然在某次與姊姊的爭執時，引用這個議題，指控姊姊對他「性別霸凌」！

　　相對地，另一種讓孩子感到陌生的語言（英文）所要傳達的事物，如果顯得無聊，例如：「This is a pen. That is a chair. My name is Derek. She is a girl……」怎麼可能讓孩子對其產生興趣呢？所以，正本清源之道，就是要塑造一個環境，讓他們覺得「學習英文是有用的」，一旦有用，就會有興趣；一旦有興趣，就會自主學習。

　　我們的孩子剛開始親子英語共學時也非常抗拒，但經過一段時間的觀察摸索，我們逐漸找到共學的甜蜜點（Sweet Spot 註），也很明顯地感受到小朋友學習態度的轉變。家長們不妨試試我們建議的一些訣竅哦！

註 Sweet Spot：高爾夫球術語，意思是只要打中桿頭的「甜蜜點」，球就會飛得特別高、特別遠；後來成為企業管理學上的術語，引申涵義為企業最強的競爭點，可以讓企業事半功倍的競爭優勢。

訣竅1 — 循序漸進不以成績論英雄

這是我們要不斷提醒父母的觀念。語言是工具，若是用考試的角度來看，就變成是一個學科。小學階段的小孩自制力不夠，也沒有對未來發展前瞻思考的能力，如果僅以成績論斷孩子的英文，小朋友一定會把英文學習當成壓力，認為是滿足父母的要求而來學習。所以在共學時，別揠苗助長，或很在意安親班、學校一時的成績表現，反而該觀察孩子是否真的能使用英文，並給予適當的鼓勵和獎勵。

訣竅2 — 讓小朋友用英文表達對父母的需求

常言道「習慣成自然」。人是容易受到環境及生活習慣制約的動物，對大人如此，對小孩更是如此，所以在語言的學習上，要讓孩子不知不覺中覺得是實用的。我們認為若孩子需要什麼東西或心願，必須要以英文向爸媽表達，且爸媽一定要有所堅持，不論英文表達的好壞，都要他們有意願及勇氣開口說英文，然後父母從旁給一些指導。

這樣孩子就會體認到「英文可以拿來溝通，表達自己的需求，而為了讓父母同意自己的需求，就一定要想辦法來用英文表達」，如此，學了好幾年都開不了口的英文，在這種「有需求就必須講英文」的氛圍下，進步的速度就會非常驚人。

比方說，我們家女兒在某個週五放學時對我們說："Mom, can I play with Judy this Saturday afternoon?"（媽，我週六下午能與朱蒂玩嗎？），當我聽到她自動自發講出這樣的句子，我們當然就回答："Good Job! You can ask for what you want in English. And sure, you can go to her place this weekend."（說得好！你能用英文說出想要的。還

有，沒問題。你週末可以去她家裏玩。）給予她開口說英文的正面回饋。

　　其它還有太多孩子可以用英文開口的要求，以下是幾個範例：

Track034

 ❶ Can I play on the iPad now?
（我現在能玩iPad？）

❷ Can I watch TV?
（我現在能看電視嗎？）

❸ Can I go to the department store with my classmates?（我能和同學去百貨公司嗎？）

❹ Can I stay up late tonight to watch the World Cup?（我能晚點睡來看世界盃嗎？）

❺ Mommy, can you buy me this toy as my birthday present?（媽咪，能買這個玩具給我當生日禮物嗎？）

❻ The weather is so hot! Can I go swimming?（天氣很熱，我能去游泳嗎？）

訣竅3 使用小孩喜歡的主題做教材

每個孩子喜歡的東西不同，例如我女兒喜歡服裝設計、看別人做菜，吃義大利麵；而兒子喜歡玩扭蛋、看星際大戰及運動。所以針對他們個別的興趣嗜好，我們會準備不同的對話或短文，讓他們覺得有樂趣，還能從中吸收新知。

對女兒，我們安排像馬卡龍（macaron）或巧克力（chocolate）的英文製作教學文章，從其他英文烹飪書中學習義大利麵中spaghetti和pasta的差別，另外還有一些浪漫的王子與公主童話故事；而對於兒子，我們就找一些星際大戰的影片介紹，球類活動（像足球、桌球和排球）的相關文章，當然我們也找了一篇介紹扭蛋機的文章和他一起閱讀。

這樣也算是一種因材施教，小朋友對主題有沒有興趣，對於學習動力和效果影響非常大。而父母在關注小朋友偏好主題的同時，不但能夠更瞭解自己的小孩，一起親子共學這些文章的過程中，對於親子情感的增進也有幫助。

家長千萬不要覺得這些教材不易取得，現在網路很方便，用英文關鍵字快速搜尋一下，就能找到不少相關內容。此外，很多英文教學雜誌初級篇，都有許多不錯的主題短文或對話可以多加運用喔！

訣竅4 利用國外旅遊及與外國人接觸的機會

這是一個很好的機會教育。有時，我們夫妻的同學或朋友如果從國外回來，他們的孩子不會說中文，我們就會利用這個機會，讓他們與家裡的小孩一起玩，這樣就可以讓小朋友感受到英文是可以使用的工具，

即使是一些簡單的對話，都可以有很大的幫助，例如：

Track035

How are you?
你好嗎？

What time is it?
幾點了？

What grade are you in?
你是幾年級？

Do you like Taiwan?
你喜歡臺灣嗎？

而到國外玩的時候，特別像是使用英文的國家如：菲律賓、新加坡、紐西蘭、澳洲、英國及美國等，刻意讓孩子問路或點餐，實際使用英語，且感受不同國家、不同口音及不同的風土人情，也是一種很好的方法。

訣竅5 訂一個使用英文大目標

小朋友都喜歡去迪士尼樂園或環球影城這類主題樂園玩，爸媽可與他們訂一個目標，若是對一個想去的主題樂園，不管從遊樂設施、吃的東西、目的地的環境風土、住宿訂房等，都必須先用英文做適當的表達

理解後，才會利用寒暑假帶他們去玩。小朋友於學習上有了誘因，學習後又可以直接使用，如此，學習效果一定事半功倍。

平時我們也可以和孩子玩類似比手畫腳的遊戲。遊戲規則很簡單，爸媽自己唸，或是用手機放出單字的發音，然後讓孩子搶答。答對者將得到一塊餅乾；答錯的話，則玩一點小懲罰遊戲。我們發覺經過這樣的遊戲（特別是兩個小朋友一起玩），他們會慢慢練出對單字直覺式的反應，對增進聽力非常顯著。

試想，聽力好的人對每個聽過的字都能快速理解，並在一個句子聽完後，於心中重組思考，瞭解它的意思。因此，若每個字出現時，都還得花時間想它的意思，心裡還在想第一個字的意思時，對於後面第二、三個字可能都沒聽到，那怎麼可能會聽的懂？所以我們才選擇透過這個遊戲訓練孩子快速反應的能力，如此一來，聽力的增進便指日可待了！

生活英語小補帖

Get Your Story Straight And Clear.
給我長話短說和說清楚

小朋友說謊，爸媽經常一眼就看得出來，說話支支吾吾，顛三倒四，要不就有的時候故事又臭又長，抓不到頭緒。當爸媽終於忍不住了時，可以這樣說：

Get your story straight and clear.（Straight 是要小朋友說實話，直接一點；Clear 則是要小朋友清清楚楚表達，把前因後果交代清楚）

🎧 Track036

 學習重點

story n. 故事：

在上述例子裡當然不是解釋為「故事」，而是表示「解釋所發生的事情」。

story 在親子英文對話經常會使用到喔！

例 What is your favorite story?
（你最喜歡的故事是什麼？）

例 This is my storybook.
（這是我的故事書。）

最重要的是持之以恆

　　持之以恆是關鍵。運用本書教學方法及建議的輔助教學工具，子女在父母的帶領下，一起進行親子英語共學，到最後，或許收穫最多的反而是爸爸媽媽呢！

　　我們建議可以做成日計劃及週計劃表，參考原則如下（詳細差異化計劃，可參考其他章節的課程規劃）：

❶ 每天至少要撥出10分鐘。如果時間越多當然越好！

❷ 如果每天時間有限，可以每日規劃不同主題。

　　★**親子會話書籍對話練習**：儘量多練習不同的書籍，聽不同的對話發音。但前提是要完整地把一本書看完，不要每本書都只練習了前面的部分，這樣到後來，爸媽跟孩子可能就只會起床時的對話了（因為幾乎每本親子對話書籍都是從起床篇開始……)

　　★**字彙練習**：由淺入深，先建立視覺記憶，再來嘗試發音規則，接著要求能夠立即反應，最後才練習拼字。不要貪多，每次都回頭複習前一次所看過的單字即可。

　　★**短文閱讀翻譯**：先從簡單的對話型態文章開始，待有一定程度後，再開始進行短文閱讀翻譯。初期可以讓孩子使用字典輔助，或是由父母做單字及文法提示。

❸ 外出用餐時，有些餐廳的菜單會中英文並列，這也是趁機學英文的好機會呢！比方說可以和孩子進行以下對話練習：

Dad: Do you like the Hakka food in this restaurant?

你喜歡這家餐廳的客家菜嗎？

Kid: I like the food. It is very yummy.

我喜歡這邊的食物。很美味。

Dad: What is your favorite dish?

你最喜歡那道菜？

Kid: I like the steamed fish and tofu a lot!

我很喜歡蒸魚和豆腐。

❹ 假日親子戶外活動時，不要特別給與小孩學習壓力，用自然而然的方式讓小孩建立親子間以英文互動的習慣。我們建議由父母先做事前預習，瞭解旅途中會用的單字。若單字有製成字卡，可以在出遊時一併帶在身上。在旅遊時可以讓孩子們熟悉這些沿路上會出現的單字，做些互動，如此一來小孩對這些字彙就有具體的感受，若時間許可也能嘗試一些簡單的對話，例如以下的句子：

🎧 **Track038**

Mom:	What mountain is it? 那是哪座山？
Kid:	It is Yamingshan. 是陽明山！
Mom:	What flower is it? 這是什麼花？
Kid:	It is a rose. 它是玫瑰！
Mom:	What insect is it? 這是什麼昆蟲？
Kid:	It is a butterfly. 牠是蝴蝶！
Mom:	Is it white? 牠它是白色的嗎？
Kid:	No, it is pink. 不，牠是粉紅色的！

　　由於小朋友去過這個地方，已經有了情感連接，也有相關字彙的認識，回家後可以試著閱讀及翻譯相關的文章，這時候會更容易進入文章內的情境。

親子旅遊英文有幾個注意事項：

👉 不要太正式嚴肅，強調機會教學。

看到招牌寫著Exit或Entrance，就教小朋友那是出口或入口；看到門上寫著push或pull就告訴小朋友是推或拉；看到商店寫著on sale，就告訴小朋友是特價拍賣；看到郊區的看板寫著Beware of Snakebite，就告訴小朋友小心蛇出沒；看到蝴蝶飛舞，就記得說What a beautiful and colorful butterfly！旅遊時，處處皆文章。

👉 利用交通時間，效果驚人。

大家如果稍微注意，會發覺外出旅遊時，交通時間佔了很多。若是爸媽自己開車時，播放MP3讓小朋友聆聽簡單的對話，或是介紹關於旅遊地點的短文，是不錯的選擇。也可以放一些單字的音檔，小朋友可以一邊看著窗外風景，一邊不自覺記憶。

另外，我們發現這樣做還有一個意外的效果，就是小朋友通常想睡覺時會吵鬧，所以播放的英文會有催眠效果，幫助小朋友盡快在路上睡著，好好休息。若是

搭乘遊覽車，父母不妨可以用簡單的英文與小朋友閒聊，路上看到的景物也可趁機一起學習單字。當然，如果父母不嫌麻煩，也可以使用手機播放一些英文歌曲。

👉 強調情境實用。

我們發覺在臺灣旅遊地很容易會遇到外國人，這時候就能鼓勵小朋友打招呼，像是 "How are you?"、"What is up?"、"Good morning!"、"Good day!" 等，目的主要是讓小朋友知道，在課堂以外是有可能碰到外國人的。有些人可能會覺得，這不是把外國人當成免費的英文老師嗎？但是，問候打招呼跟纏著別人聊天是兩回事。看到台灣人會打招呼，為什麼看到外國人就不敢打招呼呢？！這也是一種國民外交哦！當然出國旅遊點餐、買東西的時候，可以使用的機會就更多了。

❺ 在小朋友睡覺時可播放英文童話故事或是一些字彙相關CD。如果能堅持下去，持之以恆，孩子一定會讓父母看到不一樣！

Special

特別
收錄

訂定一個
親子共學計畫吧

訂定一個親子共學計畫吧

　　「希望孩子英文能學好」絕對是每位父母的心願。但回到現實面，雙薪家庭的爸媽，通常回家後已精疲力盡，可以陪伴孩子的時間相對有限。如果有幸是在國外留學、生活過，或本身有英文底子的爸媽，也許還可以自己教孩子英文，但更多的爸媽是屬於「（覺得自己）英文不夠好」的族群，因此在開始親子共學以前，於做法和態度上，都要做點調整才行。

　　再者，有關英文學習可以投入的「預算」，每個家庭也都有所不同。隨著時代進步，網路世界的來臨，想把英文學好可以從完全不用花錢（例如：使用公共資源）到每個月花費兩、三萬元（例如：完全依賴補習班），這都是可能出現的選項，如果選擇得宜，不同方法甚至可能達到相近的效果，就看父母如何來安排了。

　　最後的關鍵因素，當然要回到孩子本身。當父母接回主導權，開始英文親子共學時，必須先審視自己小孩的英文程度，因材施教，不能揠苗助長，但也千萬不要低估小朋友的潛力。

　　上述幾點看法都是我們的親身感受。親子共學雖然是目標，但面對實際情況仍必須要有所調整變化，才能走得長長久久。

　　根據親身經驗，我們整理出四個面向，依照「孩子英文程度」、

「父母英文程度」、「每月可投入預算」、「父母每天可陪伴共學時間」，以其各有高／低的狀況，分類成16種父母親子英文共學時的學習型態，提供給各位爸媽做為擬定共學計畫時的參考。

「孩子英文程度高」的定義：

❶ 單字基礎2000字（國中程度）

❷ 能夠自然進行生活對話

❸ 能夠閱讀一般的英文雜誌及小説（在查閱單字後）

❹ 可以使用英文書寫自我介紹

「爸媽英文程度高」的定義：

❶ 單字基礎7000字（高中程度）

❷ 能夠自然進行生活及商務對話

❸ 能夠閱讀一般的英文雜誌及小説

❹ 工作上有機會使用到英文

「每月可投入預算高」的定義：

父母每月孩子的英文教育願意投入超過10,000元

「父母每天可陪伴共學時間多」的定義：

父親或母親（任一方）每天可陪伴共學時間超過2小時

根據孩子的英文程度訂定目標

英文程度高的孩子，猶如參加奧運的選手，爸媽如何給他最好的補給與後援，決定了孩子未來在英文領域成就的高低。如果爸媽的英文程度很好，那就是一種相乘效果，但若「具備先天優勢條件」的爸媽不能、不願給予足夠的陪伴共學時間，那麼英文程度再好也是枉然。

我們可以這麼說，在四個面向中，【父母的英文程度】與【父母每天可陪伴共學時間】可以互補，這也就表示即使爸媽的英文程度尚有進步空間，只要他們每天願意花更多時間陪伴孩子、與孩子一起共學，在同樣的預算下，孩子依舊能達成一樣的學習效果！所以各位「英文能力普普」的爸媽們，實在不用太過於擔心，這反而是最佳的共學型態，讓爸媽與子女透過共學，雙雙得到加倍的成長，這也是我們收到最多爸媽回饋的心聲，覺得自己的英文跟著孩子一起進步了！

父母每天可陪伴共學時間	父母每天可陪伴共學時間
父母英文程度	父母英文程度
父母每月可投入預算	父母每月可投入預算

對於英文程度好的孩子，我們建議共學時可以訂高一點的目標，才能激發孩子無窮的潛力，也能將資源最有效率地運用；如果孩子英文程度還達不到我們前面提到的標準（P.209），則以激發他們對英語的興趣及熱情為目標。

英文程度高的孩子之共學目標	❶ 應設定較高標準，一鼓作氣提升孩子的英文程度。 ❷ 如孩子目前為全民英檢初級程度，則應以全民英檢高級為目標；如未達全民英檢初級程度，則應以全民英檢中級為目標。 ❸ 側重寫作能力的提升，因此寫作的頻率與拚字為加強之重點。
英文程度低的孩子之共學目標	❶ 以建立語感及興趣為目標。 ❷ 以達到字彙量2000字為目標（不用背單字，只要看到單字即可説出中文意思就好）。 ❸ 以敢開口進行日常生活對話為目標。 ❹ 以聽説能力的提升為目標。

無論孩子的英文程度如何，爸媽都要謹記：「投入足夠的共學時間」，因為若缺乏親子共讀時間，又無法投入適當的預算，學習的效率自然就難彰顯。

根據父母英文程度訂定目標

「父母英文程度」跟「孩子英文能力」兩者間是沒有關係的！爸媽們英文程度好，不代表孩子的英文程度就會好，反之亦然。真正左右孩子英文學習的關鍵，是「爸媽願意在孩子英文學習的路上花多少心思和精力？」

當然，英文程度好的父母確實有些先天優勢，比方說「能夠適時協助孩子，糾正錯誤，並隨時擔任口語教練的角色，跟孩子對話。」但放眼望去，不難見到很多英文程度好的爸媽未必有時間或意願花時間在孩子學習英文的路上。

大多父母寧可花時間賺錢，再把錢「孝敬」給補習班，希望補習班幫他們管好孩子、對孩子的英文負責到底（最好是那種不會出任何功課給家長的補習班），殊不知這樣「父母英文程度高╳父母陪伴共學時間少」的組合，是孩子學習英文成效最低的代表，因為在這個組合裡，孩子會把英文當成學科來交差了事，一旦考試不考了，他們的英文能力就會通通還給老師。

所以我們希望、期待英文程度高的父母，可以更花心思來提升孩子的英文能力；而英文程度較低的父母，請相信自己、告訴自己：「投入其中後，我也會是親子共學的受益者」，因此更應該要積極進行親子英語共學才是。

英文程度高的父母之共學目標	❶ 與孩子全英語溝通並能適時糾正錯誤或引導孩子的口說英語。 ❷ 能預先過濾適合孩子的教材，甚至上網搜尋適合孩子的文章，並根據孩子的程度進行改編。 ❸ 能判斷英文老師的專業度，如發音是否標準、使用文法是否正確……等等。 ❹ 甚至能自己選定教材直接指導孩子。
英文程度低的父母之共學目標	❶ 與孩子進行書本上的英語對話。 ❷ 有耐心和孩子一起學習，甚至學完後還能引導孩子複習。 ❸ 願意做為老師與孩子間的橋梁，也就是「助教」的角色。

將每月可投入之金錢預算列入考量

　　學英文從「不花一毛錢」到「花費很多錢」有各式各樣的方法。因為每個家庭的經濟狀況不同，學習如何把錢花在刀口上，也是親子共學中不可忽略的一環，以下請看看我們的分析。

英文學習的費用不外乎這幾類，每一類都有高、低價位不同的選項：

 ❶ 補習班/線上教學平台
 ❷ 英語書籍
 ❸ 英語教學雜誌

以我們周遭朋友來說，最大一塊支出就是補習班，其次是英語書籍，最後則是英語教學雜誌。

❶ 補習班／線上教學平台vs. 英語書籍vs. 英語教學雜誌

補習班／線上教學平台

在第11課中（P.174）我們已經分析過坊間主要英文補習班及如何慎選補習班的秘訣。當然一分錢一分貨，貴的補習班之所以貴，除了「品牌形象」的投入成本外，還包括「師資過濾」與「軟硬體維護」，更關鍵的還有「師生比問題」。所以如果預算許可，還是建議父母要選擇師生比低、上課時數多的補習班。

而線上教學平台則是為不上補習班的孩子提供的另一個選項。同樣地也有價格高低之分，這請參考我們在第9課（P.150）當中的分析，其費用的高低差異在於「師資的口音」與「系統的穩定性」。如果預算足夠，當然還是選擇英、美、紐、澳、加等英語系國家的老師，以及擁有自己的視訊系統，才不會常常因為網路不穩定而斷線。

切記，無論是哪一種線上教學平台，如果是要父母繳交鉅額費用的長期課程，請一定要三思：孩子是否喜歡及適合這樣的上課方式、師資品質是否能維持一定水準、業者信譽與客服效率。

英文書籍

英文書籍百百種，特別是很多套書製作精美、令人心動。預算夠的話，爸媽當然可以購買給孩子閱讀。但如果預算不夠，我們建議利用圖書館這個豐富的資源，只不過依賴圖書館的資源就要能接受以下幾點：

☞ ❶ 書本不夠乾淨（記得借回家前先用圖書館的紫外線箱消毒）。

☞ ❷ 熱門書籍通常會有較多等待人數，要慢慢等。

☞ ❸ 圖書館可能根本沒有買進該書。

☞ ❹ 借期有限，孩子還沒完全吸收該書內容，就得歸還了。

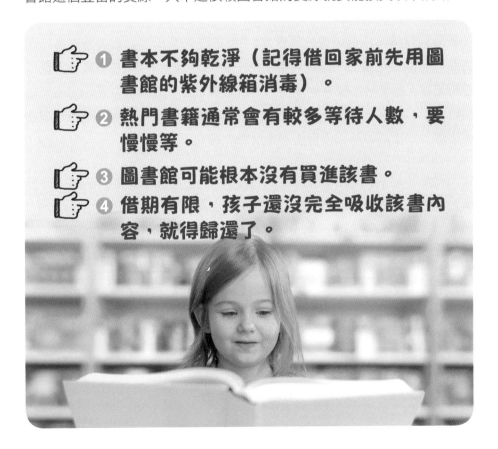

所以如果預算足夠的話，我們覺得還是適當買些耐看的書籍，讓孩子可以反覆閱讀，達到閱讀訓練的目標，否則孩子若總是被租借期限壓縮著隨便讀完一本書，他們也無法切身體會到書本的好處；當然，預算不夠的家庭，只能先以借閱的方式獲取資源，適當規劃借閱時間，還是能夠達到閱讀的效益！至於該如何把錢花在刀口上呢？建議先善加利用電子圖書館，確定孩子對內容感興趣再購買，如此一來就可減少「買了一堆套書，結果變成家飾品」的窘境。

英語教學雜誌

我們覺得英語教學雜誌其實是CP值最高的教材。如果選擇適當時間訂閱（通常每年會有一次大特價），一本雜誌加上一片CD預算相當低，還附加每天都有老師講解的廣播節目或電視節目，真的很划算！如果無法按時收看，也還能在雜誌社的網站上找到相關影音檔，有些甚至還可讓會員下載，即使離線狀態依舊能不斷反覆聆聽與練習。

此外，雜誌內容都是最與時俱進的，現在流行什麼樣的話題？什麼重大事件？就會有相關的文章，對大人、小孩都吸引力十足！

如果預算許可的話，爸媽可以購買不同的雜誌，讓孩子多練習；若沒有太多預算，也可以利用我們在第10課（P.162）介紹的台北市立圖書館電子書庫借閱電子雜誌。簡而言之，在預算有限的狀況下，可以就以上學習資源自行做調整。

❶ 每月可多讀一本雜誌，多些不同種類文章的閱讀與學習。

❷ 每月平均可購買2本英文故事書，讓孩子每兩週讀完一本。

❸ 可選擇師生比低、師資經嚴格篩選較有教學經驗的英語補習班，例如：弋果美語、快樂瑪麗安等等，並輔以在家時可參加相對價位較高的一對一線上教學平台。

父母每月可投入預算高之共學資源

高預算組合
每月平均 $30000 以下

每月補習班／線上教學平台	$28000
每月兩本英文故事書	$600
每月兩本雜誌	$400

註：此金額為包含註冊費與教材費的月平均費用

❶ 每月建議讀一本雜誌，可購買過期雜誌，自己安排時間讀。通常過期雜誌的價格會低一些。

❷ 運用圖書館的資源每月借閱一本英文故事書。

❸ 可選擇收費較便宜的英語線上教學平台，訓練孩子面對外國人時的口說能力。

父母每月可投入預算低之共學資源

低預算組合
每月平均 $2500 以下

每月線上教學平台	$2300
每月一本雜誌	$100

分配每天可陪伴共學的時間

　　這是最重要的一個要素。縱然前面三個要素中，父母都能給到最高級數的資源，但如果在這項要素上無能為力，孩子的英文絕對很難真正地學好。

現代工商社會，雙薪家庭的父母都非常忙碌，每天下班後疲累萬分，一想到還要花心思與孩子英語共學就感到頭痛，但各位辛勞的爸媽們為了孩子，想必再苦都會提起勁來吧！且轉念想一想，如果英語共學這件事情也能讓自己的英文能力進步，視為職場進修的一部分，那麼又何樂而不為呢？

需特別注意的是一些家庭中有全職媽媽／爸爸的角色，如此一來全職媽媽／爸爸就能將多一點時間放在與孩子共學英語上，但這「並不代表另一半可以事不關己、置身事外」喔！

每天陪伴共學時間多的父母之共學計畫	每日： ❶ 一起觀看或收聽英語雜誌教學節目（約30～60分鐘） ❷ 一起玩單字遊戲（約30分鐘） ❸ 善用零碎時間進行親子英語對話 ❹ 旁聽孩子參加之線上英語教學課程（約30～60分鐘） 每週：複習孩子當週在補習班的學習內容（約30～60分鐘）
每天陪伴共學時間少的父母之共學計畫	每日：善用零碎時間進行親子英語對話（10分鐘） 每週：複習孩子當週的雜誌內容（約30～60分鐘）

總結一下（如下圖表），按照上述四個面向各有高低程度的差異，我們一共會出現16種不同的學習型態。父母可以依照自己與孩子的狀況，選擇你們認為最佳的安排！

小朋友英文程度	父母英文程度	每月可投入之預算	父母可陪伴共學時間
高	**高**	**高**	**高**
★應設定超高標準，提高孩子程度倒下兩級 ★側重寫作能力的再提升	★與孩子全英（美）語溝通 ★選定或製作教材 ★判斷英文老師的專業度，發音是否標準，使用文法是否正確等等	★每月可多讀一本雜誌，多些不同種類文章的閱讀與學習 ★可選擇師生比低、師資經嚴格篩選較有教學經驗的英語補習班	★每日：英語雜誌教學節目 x 單字遊戲 x 親子英語對話 x 旁聽孩子參加之線上英語教學課程 ★每週：複習孩子當週在補習班的學習內容
X	X	X	X
★以建立語感及興趣為目標 ★以達到字彙量2000字為目標 ★以敢開口進行日常生活對話為目標 ★以聽說能力的提升為目標	★與孩子進行書本上的英語對話 ★有耐心和孩子一起學習 ★作為老師與孩子之間的橋樑	★每月一本雜誌，可購買過期雜誌 ★運用圖書館的資源 ★收費較便宜的英語線上教學平台	★每日：至少10分鐘親子英語對話 ★每週：複習孩子當週的雜誌內容
低	**低**	**低**	**低**

★ 附錄　親子共學實用表格

表格一：每日親子共學計畫表參考範本

時間	星期一	星期二	星期三	星期四	星期五	星期六	星期日
9:00 ～ 9:30							
9:30 ～ 10:00							
10:00 ～ 10:30							
10:30 ～ 11:00							
11:00 ～ 12:00							
12:00 ～ 12:30							
12:30 ～ 13:00							
13:00 ～ 13:30	學校 & 安親班	學校 & 安親班	學校 & 安親班	學校 & 安親班	學校 & 安親班		
13:30 ～ 14:00							
14:00 ～ 14:30							
14:30 ～ 15:00							
15:00 ～ 15:30							
15:30 ～ 16:00							
16:00 ～ 16:30							
16:30 ～ 17:00							
17:00 ～ 17:30							
17:30 ～ 18:00							
18:00 ～ 18:30							
18:30 ～ 19:00							
19:00 ～ 19:30 19:30 ～ 20:00	Dinner & Shower	Dinner & Shower	Dinner & Shower	Dinner & Shower	Dinner & Shower		
20:00 ～ 20:30	Radio Program （ex. Let's talk in English or A+ English）	Radio Program （ex. Let's talk in English or A+ English）	Radio Program （ex. Let's talk in English or A+ English）	Radio Program （ex. Let's talk in English or A+ English）	Radio Program （ex. Let's talk in English or A+ English）		
20:30 ～ 21:00	Read some article together	Read some article together	Read some article together	Read some article together	Read some article together		
21:00 ～ 21:30	Bedtime story （CD or parents- reading）	Bedtime story （CD or parents- reading）	Bedtime story （CD or parents- reading）	Bedtime story （CD or parents- reading）	Bedtime story （CD or parents- reading）		

註：孩子注意力時間短，任何活動請以30分鐘為單位

表格二：每日親子共學計畫表

時間	星期一	星期二	星期三	星期四	星期五	星期六	星期日
9:00 〜 9:30							
9:30 〜 10:00							
10:00 〜 10:30							
10:30 〜 11:00							
11:00 〜 12:00							
12:00 〜 12:30							
12:30 〜 13:00							
13:00 〜 13:30							
13:30 〜 14:00							
14:00 〜 14:30							
14:30 〜 15:00							
15:00 〜 15:30							
15:30 〜 16:00							
16:00 〜 16:30							
16:30 〜 17:00							
17:00 〜 17:30							
17:30 〜 18:00							
18:00 〜 18:30							
18:30 〜 19:00							
19:00 〜 19:30							
19:30 〜 20:00							
20:00 〜 20:30							
20:30 〜 21:00							
21:00 〜 21:30							

註：孩子注意力時間短，任何活動請以30分鐘為單位

表格三:遊戲積分表

遊戲參加者	說中文(請畫正字記號)	罰金計算
範例:爸爸	正	$50

原來如此 系列 E190

親子英文共學的 12 堂魔法課

12 堂簡單好上手課程，現在就開始親子英文共學！

作　　者	李存忠、周昱葳（葳姐）◎合著
顧　　問	曾文旭
總 編 輯	王毓芳
編輯統籌	耿文國、黃璽宇
主　　編	吳靜宜
執行主編	姜怡安
執行編輯	黃筠婷、陳其玲
美術編輯	王桂芳、張嘉容
英文校對	李厚恩（Angel）
插　　畫	水手月亮
封面設計	阿作
法律顧問	北辰著作權事務所　蕭雄淋律師、幸秋妙律師

初　　版	2018 年 08 月
出　　版	捷徑文化出版事業有限公司
電　　話	（02）2752-5618
傳　　真	（02）2752-5619
地　　址	106 台北市大安區忠孝東路四段 250 號 11 樓 -1

定　　價	新台幣 380 元／港幣 127 元
產品內容	1 書＋ MP3 線上快速掃輕鬆聽 QR code

總 經 銷	采舍國際有限公司
地　　址	235 新北市中和區中山路二段 366 巷 10 號 3 樓
電　　話	（02）8245-8786
傳　　真	（02）8245-8718

港澳地區總經銷	和平圖書有限公司
地　　址	香港柴灣嘉業街 12 號百樂門大廈 17 樓
電　　話	（852）2804-6687
傳　　真	（852）2804-6409

▶本書部分圖片由 Shutterstock圖庫、123RF圖庫提供。

捷徑 Book站

現在就上臉書（FACEBOOK）「捷徑BOOK站」並按讚加入粉絲團，
就可享每月不定期新書資訊和粉絲專享小禮物喔！

http://www.facebook.com/royalroadbooks
讀者來函：royalroadbooks@gmail.com

國家圖書館出版品預行編目資料

親子英文共學的 12 堂魔法課／李存忠、周昱葳（葳姐）合著 .－初版 .
-- 臺北市：捷徑文化，2018.08
面；　公分（原來如此：E190）
ISBN 978-957-8904-39-2（平裝）

1. 英語　2. 親職教育

805.1　　　　　　　　　　　107011380